Bélître

Pierre-Alain Benoit

Bélître

coccinelles. Monsieur Lagurgue me prend par la main. On marche en silence vers chez moi. Au portail, il y a maman. Elle me regarde rassurée et désespérée. Elle tremble de rage et de peur. Son visage gonflé atténue les reproches de monsieur Lagurgue. Il sait. Il dévisage mon père et son arcade sourcilière ensanglantée.

– Soit vous trouvez une solution tout de suite et vous confiez le pitchoune à des gens normaux, soit je vous dénonce, et vous allez le regretter.

Ce jour marque le début de l'un des étés les plus chauds du vingtième siècle. C'est le jour où mes parents ont abandonné. M'ont abandonné. L'école est finie, et je vais aller passer l'été avec mes grands-parents en Dordogne à la campagne, loin des miroirs brisés, des murs jaunes de la maison, et des facteurs bienveillants.

2 Septembre 1976

La sueur dégouline sur le front de mon papi Louis. Il est 10 heures et le soleil tape déjà dur sur nos têtes et sur le potager. L'air est sec, le souffle court, l'effort conséquent. Les muscles toujours saillants de mon papi l'aident à enfoncer la charrue plus profond encore. Il souffre et pourtant il sourit. Il rayonne même. Il m'a appris à semer, à planter, récolter. J'adore mettre mes pas dans les siens. J'adore notre motoculteur dont je connais tous les secrets. À la fin de ce dernier sillon, il coupe le contact du moteur. Comme tous les matins, au même moment, il me saisit, me soulève à bout de bras, et me murmure dans un souffle : *« allez viens »*.

Je sais parfaitement où on va. Sur le petit perron blanc, juste à droite de la petite cambuse sous les marches, d'où il extrait nos trois trésors : le pâté, le pain et le vin. On tartine avec nos mains sales, et on engloutit notre sandwich de fortune. Il se sert un petit verre de vin pour terminer ce festin. Avec son mouchoir, il essuie mon petit doigt. Son sourire et son regard m'encouragent. Je trempe le petit doigt dans le nectar. Il allume sa pipe. Je ne sais pas lequel des deux est le plus heureux.

Je le regarde. Je me demande pourquoi il boit, pourquoi il fume, pourquoi il aime autant être dehors dans son jardin. Je crois qu'il évite mamie. Elle cherche à lui donner des ordres, à commander. Alors, il fait comme moi. Il fuit. Il me parle quelquefois de ses fils Jean-Lou et Gérard, mon père et mon oncle. Il a souvent les yeux mouillés papi quand il parle d'eux. Il pense qu'ils ont un côté un peu « génie », mais qu'ils se trompent sur des choses importantes. Je crois qu'il est déçu. D'après papi, mon papa avait les capacités de devenir un brillant chirurgien, mais il a tout plaqué pour devenir photographe. Et papi dit que papa devrait être plus à la maison la nuit. Je crois que Gerard aussi il sort trop la nuit. Papi et mamie se disputent souvent au sujet de Gérard, mon oncle. J'ai compris qu'il est dans une super école à Paris qui s'appelle les Beaux-Arts. Mais quand papi et mamie se disputent, j'entends des mots inconnus comme *« luxure, homosexuel, dépravé »*. Papi souffre à cause d'eux, mais je sais qu'il les aime et qu'il les aide. Des fois, on poste des enveloppes avec des sous dedans. Il me fait « chut » quand il les envoie, parce qu'il faut qu'on le fasse en secret. En secret de mamie, qui veut toujours croire que ses enfants sont parfaits.

Ce soir, je n'arrête pas de pleurer. Je déteste aujourd'hui. Aujourd'hui c'est le 2 Septembre 1976. Ce matin, j'ai touché avec mon petit doigt quelque chose de beau, de simple et ça m'a rendu très heureux. Et ce soir on m'a expliqué que demain on ne fêterait pas l'anniversaire de papi. On m'a dit que papi était parti au ciel et que je ne le reverrais plus jamais. Mais que quand même il y aura une cérémonie après-demain pour lui dire au revoir.

Monsieur le curé parle de mon papi. Louis Emmanuel SALVIO. Né le 3 septembre 1920, enfant de l'Assistance Publique, Héros de la Résistance, époux de Marie Grafeille, père de deux enfants, receveur principal des PTT de la Gironde, homme fort, bon et loyal. Je ne comprends pas ce qui se passe. Je suis planté devant le trou du caveau familial. Il pleut et j'ai très froid aux pieds. Quatre messieurs habillés tout en noir mettent le cercueil dans le trou sous des pelletées de terre humide. Je pleure. Je ne comprends pas comment papi il est sous la terre et au ciel en même temps. Je crois qu'il m'a abandonné contre son gré. On sort du cimetière. On décide en trois minutes que c'est mieux que je reste avec mamie pendant quelques temps. Papa et maman sont pressés, ils m'embrassent un peu, et partent dans notre SIMCA 2000. Bleue.

Bleu comme le ciel de ces cinq années. Je suis le roi de ma petite école de campagne. Le matin, Mr Eclancher fait des leçons : maths le lundi, géographie et histoire le mardi, dictée et lecture le mercredi, dessin le jeudi, et on fait un peu de tout le vendredi matin. Et tous les après-midis, on vit dehors. Soit on fait du sport, soit on découvre la nature. J'apprends les fleurs, les fruits, les champignons, les noms des oiseaux et des insectes. Ici, elles sont plus belles les coccinelles.

Je me fais des copains, Frédéric, Michel et Thierry. On joue au foot, on joue dans les champs, on joue à la ferme. On court après les poules, on traye les vaches, on joue au vétérinaire. Tous les jours, quand je rentre de l'école, mamie m'a préparé une surprise. Des fois, elle me fait des gâteaux ou des glaces, et même quelquefois des crêpes. J'ai tout ici. Avec mon vélo de course, je fais le tour du village, c'est mon Tour de France à moi. Avec mes Lego, je construis des villes et des histoires.

Le jour de mes huit ans, mamie a même acheté la télévision en couleurs. Y a des héros magiques comme Goldorak et Tom Sawyer, et des super champions du tennis comme Bjorn Borg et Chris Evert. Y a des chanteurs aussi comme Johnny Hallyday et Michel Sardou. Et puis le samedi soir, je rate jamais TeleFoot. Je lis des bandes dessinées et des livres aussi. Mickey, Tintin, Le Club des Cinq et Fantômette, je les suis partout dans leurs aventures. Fantômette, c'est ma préférée. Elle est maline, elle est mignonne, et à la fin, c'est toujours elle qui gagne. En plus de l'école, j'apprends l'anglais avec mamie. On joue au scrabble aussi, et je la bats souvent. Elle comprend pas comment c'est possible, mais en fait je m'entraine à fond.

On ne voit presque jamais personne et ça me va bien. Parfois y a tonton Gérard qui vient avec un vieux monsieur connu, et aussi je vois maman deux ou trois fois par an. Elle a l'air plus en forme qu'avant, mais plus je grandis, plus j'ai l'impression qu'elle se dispute avec mamie. Je commence à comprendre le problème. Dans mon village, il n'y a pas de collège, et pas un à moins de quarante kilomètres. Et dans un mois, je finis le CM2. Je pressens que les choses vont changer.

2

10 Mai 1981

Aujourd'hui, il y a un musicien que j'aime bien qui est mort. Il est marrant avec son chapeau en laine rouge, jaune et vert, et avec ses longs cheveux. Il s'appelle Bob Marley. Ce soir aussi, on aura peut-être un nouveau Président de la République. Mamie est très nerveuse. On a allumé la télévision bien plus tôt que d'habitude et ce soir il n'y a pas le journal de Monsieur Roger Gicquel. À la place, beaucoup de gens que je ne connais pas. 19h59. Le compte à rebours est lancé. À la télévision, apparait un crâne, puis un visage. Le journaliste fait un peu la tête, et il annonce que Monsieur François Mitterrand est élu Président de la République. Ce soir du 10 mai 1981, mamie est déchainée. Elle hurle que 23 ans, ça suffit, que l'important c'est la rose, et que les riches n'ont qu'à bien se tenir. Je ne l'ai jamais vue dans un état pareil. Elle est en transes. Elle vocifère sa joie, elle a les yeux jaunis par la haine, et elle me serre très fort comme si on avait marqué un but. Une digue vient d'exploser.

Elle s'assoit sur le canapé, elle oublie que je ne suis qu'un enfant, elle me raconte tout. Je ne comprends pas tout, mais j'enregistre l'intégralité dans ma mémoire de petit homme. Ma mamie Marie Salvio est née Marie Grafeille. Comme papi, elle aussi est sortie de l'assistance publique, abandonnée par des artisans à l'âge de cinq ans. Tous les jours, elle va aux champs à l'aube pour garder les vaches. Elle va à l'école à pied, avec ses sabots. Puis on la change de famille, plusieurs fois. Mon cœur d'enfant sent bien qu'elle ne me dit pas tout sur cette période qui obscurcit son regard. Son destin bascule à onze ans, quand Madame Reimbert la prend sous son aile et la guide jusqu'au certificat d'études. L'année de ses vingt ans, elle tente de retrouver la trace de ses parents. On est en septembre 1944, et il est trop tard.

– Pourquoi c'était trop tard mamie ?
– Ils avaient une boulangerie et on les a brûlés dedans.
– Pourquoi on les a brûlés ?
– Ils avaient aidé les Allemands pendant la Guerre.
– Et c'était pas bien ?
– Non, ce n'était pas bien.

Elle interrompt le récit, son visage se détend. La guerre est finie. En une phrase, elle résume les trente-sept dernières années de sa vie. Une vie d'institutrice, d'épouse et de mère. Je sens qu'elle s'est calmée. Comme tous les soirs, elle m'emmène me coucher, et enchaine sur notre si douce routine, où elle me couvre de bisous : *"petits cheveux si blonds, si mignons, petit nez retroussé adoré, petits si bleus si malicieux, petit menton si rond si mignon, petites oreilles qui entendent tout ce qu'elles ne devraient pas entendre, petit cœur qui bat si fort »*. Ça me plait beaucoup plus que les contes de fées.

Maman vient pour le 15 Aout. J'assiste pour la première fois de ma vie à un combat féroce de femmes en colère, deux femmes fortes qui se détestent à cause de papa. Mamie défend son fils et maman ne peut pas le supporter. Elles me réclament toutes les deux comme si j'étais leur propriété. À la fin, maman m'arrache à mamie parce qu'elle dit que de toute façon c'est son droit.

4 Septembre 1981

Aujourd'hui c'est la rentrée. Maman essaye de me rassurer, mais ça ne marche pas. On habite dans un petit appartement HLM, au dix-neuvième étage d'une tour orange et marronne. Heureusement, y a deux ascenseurs parce qu'il y en a toujours un en panne. Y a que du béton partout, ça s'appelle une ZUP. Une zone d'urbanisation prioritaire m'a expliqué maman. J'ai laissé derrière moi ma petite école, mes champs, mes vaches, et ma mamie. Jour de rentrée donc. J'ai mal au dos à cause de mon lit pliant qui se ferme dans le mur. Tout est réuni dans la même pièce, je trouve que c'est pratique mais petit. Et puis la cabine de douche, elle sent le moisi. Maman dit que ce n'est pas pour longtemps. J'espère aussi. On quitte notre studio. Direction le collège. Quinze minutes de marche jusqu'aux portes de mon nouveau collège Mon collège lycée. Le choc est terrible.

Dans ma campagne enfantine., on avait réuni vingt-quatre enfants en quatre classes pour ne pas fermer l'école du village. Ici, il y a deux mille élèves. La cour de l'établissement équivaut à vingt terrains de foot, où sont regroupés cinq bâtiments immenses, qui abritent chacun une trentaine de salles de classes. Je fais partie des tout-petits, des sixièmes, des bizuts. On nous indique où nous placer dans des grands rectangles de peinture blanche, tous numérotés. Je suis en 6eme 2. Mamie a insisté pour que je fasse allemand première langue, *"pour avoir les meilleurs professeurs"*.

Je remarque tout de suite que mon vieux cartable marron ne ressemble à aucun autre. Les autres, ils portent presque tous des sacs US et des Stan Smith. Je vois bien qu'ils regardent mes Kickers en ricanant. On nous fait rentrer dans une salle au premier étage, avec un immense tableau noir, de beaux pupitres en bois moderne, et des grandes fenêtres qui donnent sur le parc. Je reconnais des chênes, des platanes et des peupliers. Monsieur Pommian fait l'appel par ordre alphabétique. Tout le monde répond "*présent*", je remplis mon carnet de correspondance et je note notre emploi du temps. Finies les parties de foot et l'étude des sciences naturelles au grand air. Notre emploi du temps est copieux, et Monsieur Pommian, notre professeur principal, m'a l'air beaucoup plus sévère que Monsieur Eclancher. Il y aura aussi beaucoup de devoirs la maison et des interrogations surprise.

Je m'inquiète et j'essaie de me situer par rapport aux autres. Ils semblent tous plus grands, plus malins, plus tout que moi. Surtout les trois au fond qui se connaissent déjà. J'entends qu'ils habitent tous dans la même résidence et que leurs pères sont militaires. Je les observe et j'enregistre leurs prénoms. Joss, Arnaud et Emmanuel. Ils rigolent tout le temps, ils ont l'air cool.

11 Septembre 1981

Ce soir, j'ai faim. Le midi à la cantine, on se tient à carreaux. À table, y a des plus grands qui se servent d'abord. Le soir à l'appartement, le frigo me fait de la peine tellement le vide prend de la place. Maman travaille à l'hôpital, elle fait les nuits. Comme ça, elle m'a expliqué qu'on peut payer les dettes laissées par papa, les impôts aussi, et qu'on n'aura plus les papiers jaunes des huissiers sur les murs.

Ce soir, j'ai faim. Je vais faire un tour dans la ZUP, au magasin Casino du quartier, un peu avant la fermeture. Mine de rien, je passe dans les rayons, je m'arrête devant les 45 tours où y a plein d'autres chanteurs que Johnny. Y a des noms anglais qui font rêver, des groupes de rock que je vois sur des pin's des grands au collège, et un classement des meilleures ventes. Mais ce soir, je m'en fous de la musique. J'ai faim. Je croque des morceaux de chocolat noir dans le rayon confiserie, et au niveau de la charcuterie je prends un paquet de jambon. Je me cache au département des vêtements, j'ouvre le paquet, et je dévore le jambon d'York. La grosse main sur mon épaule me fait tressaillir

— C'est bon, je ne te dérange pas ?

— Pardon, monsieur l'agent, pardon.

— On ne parle pas la bouche pleine d'abord. Tu ne manges pas assez chez toi ?

— Non, monsieur l'agent.

Il relâche mon épaule en même temps que son regard change. En un instant, l'effrayant colosse africain s'est transformé en un tendre vieux gardien de supermarché.

— Allez file.

Je comprends qu'il me fait une immense faveur, je m'esquive et j'attends la fermeture dehors pour le remercier quand il sortira. Une fois les clients partis, il ferme les rideaux de fer, et se dirige vers le parking lorsqu'il m'aperçoit.

— Qu'est-ce que tu fais encore là, jambon d'York ?

— Je voulais vous dire merci monsieur l'agent.

— Arrête avec ton monsieur l'agent. Moi, c'est Marius. Allez rentre chez toi. Il se fait tard.

— Oui Marius.

— Ah et aussi Jambon d'York. J'oubliais. Retrouve-moi ici à 7h30 demain matin. Avant d'aller à l'école. Ne sois pas en retard, hein. On fera un tour dans les rayons avant l'ouverture.

Avec un petit salut de la main, je tourne les talons et je me mets à courir. J'évite avec soin deux ou trois immeubles un peu plus craignos que les autres, et je monte quatre à quatre les marches du bâtiment 5H. Oui, il est un petit peu gris et blême mon HLM, mais ce soir j'ai plus mal au ventre. J'ai rencontré Marius.

30 Octobre 1981

Je viens de rentrer du collège avec des bonnes notes. J'essaye de bien travailler comme ça maman ne s'énerve pas. Je sais que le meilleur moyen pour qu'elle reste calme, c'est de ne pas lui créer de soucis supplémentaires. Je grandis aussi, je suis presqu'aussi grand qu'elle. C'est plus dur de me donner des claques et des fessées comme avant. Il est 18 heures. Le téléphone sonne. J'entends maman qui parle avec mon cousin Laurent. Une demi-heure plus tard, Laurent m'attend en bas de l'immeuble. Trop sympa Laurent. Il a 20 ans, une Renault 5 bleue avec un autoradio, et il fume des Gitanes sans filtres à la chaine.

— Laurent, on va où ?

— Ah surprise...

Pendant vingt minutes, Laurent nous emmène vers le centre de Bordeaux, peste contre les bouchons, et on finit par se garer à cheval sur un trottoir. Un flot incessant de gens nous entoure, et je me rends compte qu'on se dirige tous dans la même direction. Laurent s'arrête à un stand qui sent le gras et la fumée. Il achète deux énormes sandwiches ventrèche moutarde et deux canettes de coca. On mange en marchant avant de se retrouver face à des grilles qui entourent une immense enceinte de béton. Comme un magicien, Laurent sort deux billets de sa poche et on nous laisse passer. Mon cœur bat comme jamais, et j'emboite les pas de mon magicien. Il a ses habitudes ici. On monte quelques marches, et là......je découvre un paradis.

Vingt mille personnes, pour la plupart vêtues de marine et blanc, rassemblées autour d'un rectangle vert, avec des lignes tracées à la chaux blanche, et à chaque extrémité du terrain, deux poteaux et une barre transversale. L'ambiance ne ressemble à rien de ce que j'ai connu. Je suis bien loin du champ où je m'entrainais. Je pressens que je ne serai plus jamais seul. Ce soir, j'ai rejoint une tribu. Une armée bleue et blanche qui ne va faire qu'une bouchée de onze petits bonshommes qui osent venir chez nous. Ce soir, l'ennemi s'appelle Paris Saint-Germain.

Les amplis crachent la musique à fond, tout le monde se lève, les joueurs pénètrent sur la pelouse. Je connais leurs noms, leurs dates de naissance, leurs carrières. Je les appris par cœur dans mes albums Panini. Mais, ce soir, ils prennent corps devant moi pour la première fois. Notre capitaine s'appelle Alain, il fait 1 mètre 63 comme moi. Il a du génie dans les pieds, il adore Bordeaux et Bordeaux le lui rend bien. Notre buteur s'appelle Bernard, il est adroit et malin. Notre tour de contrôle en défense arrive de la Guadeloupe. Il joue aussi en équipe de France, il sourit tout le temps. Il pare les coups compliqués, il défend très bien avec sa tête, il relance ses partenaires dans le bon chemin quand c'est dur. Il s'appelle Trésor. Marius Trésor.

Il est 23h45. Dans mon lit, je me refais le film de cette soirée inoubliable. Les onze nains parisiens sont repartis la tête basse, notre royaume est sauf. Marius nous a sauvés à plusieurs reprises, Alain a régné sur le terrain, et Bernard a fait exploser de joie le stade deux fois. Ce soir, j'ai rencontré mon peuple.

Je ne serai plus jamais seul.

3

20 Avril 1982.

C'est le moment des Vacances de Pâques, à Claouey, sur le bassin d'Arcachon. Je passe mes premières vacances avec maman et sa famille nombreuse. Les tantes, les oncles, les cousins et les cousines. Mes grand-parents maternels ont fini leurs vies deux ans auparavant. Je ne les ai pour ainsi dire pas connus.Les vacances se déroulent bien, au milieu des baignades et des parties de pétanque. Cette semaine j'apprends à nager. Mal, mais j'apprends à nager. Je crois que le maitre-nageur s'intéresse beaucoup plus à maman qu'à moi.

Je partage ma chambre avec Tonton Jacky, l'un des frères de maman. Jacky a 32 ans, joue super bien à la pétanque, connait par cœur toutes les chansons en vogue et passées, se rappelle toutes les dates de naissance de toute la famille. Il adore le football et surtout les Girondins de Bordeaux. Jacky est trisomique aussi. Tout le monde se réjouit car ce soir, on attend un gros match de Coupe de France encore contre les nains parisiens, et tous les hommes de la famille vont aller au stade, moi y compris.

Après déjeuner, on fait une partie de Scrabble. Comme ils en ont marre que je gagne à chaque fois, il se mettent tous ensemble contre moi. Je gagne haut la main la première manche, et du coup, ils appellent les deux tantes institutrices à la rescousse. Ils disent que j'ai de la chance, alors que celle-là se joue en dupliqué, ça veut dire tout le monde avec le même tirage. À chaque coup, on prend le Meilleur mot, et comme ça jusqu'à la fin. Je ne comprends pas pourquoi ils s'énervent, mais je veux quand même leur montrer. Je gagne encore facile. De toute façon, je suis trop fort pour eux. Moi je joue comme un pro et eux c'est des amateurs. Allez, pour se rattraper, ils veulent en faire une dernière. Premier tirage : L I F M E L A. La minute s'écoule. J 'ai vu le Scrabble de sept lettres tout de suite. Pas eux. Ils annoncent 24 points. Moi j'annonce 80 points. Maman me fait les gros yeux. Je dépose doucement les sept lettres et je les aligne une par une en comptant les points. Pour les embêter, je prends tout mon temps comme si j'étais pas sûr de moi. Ha haha, je suis trop fort. Au moment où je pose la dernière lettre, le plateau de lettres s'envole, leur rage explose.

— Y en a marre de ce petit con. Ça t'amuse de nous humilier hein ? Puisque t'es si malin, t'iras pas au match ce soir !

Je cherche maman du regard pour qu'elle réagisse. Maman les laisse faire, elle ne s'opposera pas à son clan. J'ai l'impression que le sol s'écarte sous mes pieds. Je les regarde partir au match de la fenêtre de ma chambre, caché derrière le rideau. On m'a puni de la plus violente et la plus injuste des façons. On m'a privé de vivre mon bonheur. Je me dis que je ne jouerai plus jamais au Scrabble. Sauf dans ma tête.

J'écoute quand même le match à la radio. Pour la première et la dernière fois de ma vie, je prie pour qu'on perde. Bordeaux prend un but a la dernière minute des prolongations, on est éliminés de façon cruelle. Injustice cruelle. Cruels comme eux. Je les déteste, je les hais. Ils n'ont que ce mot à la bouche et pourtant avec le tirage LIFMELA, ils sont incapables de trouver le Scrabble évident : FAMILLE. Pas d'anagramme. Je décide que je détesterai toujours les 20 avril et cette famille aussi.

8 Juillet 1982

Bonheur pour les uns, injustice pour les autres. Bonheur et injustice. Deux mots sans anagramme. Et pourtant, une chose les réunit : les larmes. Cette nuit du 8 Juillet 1982., mes larmes coulent à flots. Mes idoles bordelaises, Alain et Marius ont marqué pour l'équipe de France, on a entr'aperçu le bonheur quelques instants. Et puis on a perdu. On a perdu car ce soir l'injustice a frappé. Schumacher a mis KO Battiston qui est sorti sur une civière. Et l'arbitre ce voleur, il n'a rien sifflé. Pas de pénalty pour nous, pas de carton rouge pour le goal. Les Allemands nous ont privé de la finale de la Coupe du Monde.

Je pleure. Je pleure sans arrêt. Je pleure parce qu'on a perdu et qu'on aurait dû gagner. Je pleure mais malgré tout j'ai appris une leçon : dans la vraie vie, il ne suffit pas d'être gentil pour gagner à la fin.

10 Octobre 1982

Je suis passé voir Marius vite fait au supermarché. Il m'a donné des bonbons et des vignettes Panini. Je rentre du collège une heure plus tôt que prévu, et je trouve maman dans le salon avec un monsieur. Je sens que je gêne, ils sont bizarres. Le monsieur s'appelle Michel et maman m'annonce que la semaine prochaine, il viendra dîner chez nous avec sa fille Sophia. Michel a quatre ans de plus que maman, et Sophia deux de plus que moi.

La semaine suivante, ils viennent passer la soirée. Maman a fait un gros repas et des pêches melba en dessert. C'est la première fois qu'elle cuisine autant. Après cette première fois, ils viennent de plus en plus souvent dîner à l'appartement, et quelquefois on va même au resto. On rigole beaucoup, une complicité s'installe, entre nous tous. Sophia a un sacré caractère, mais en fait je peux comprendre. Elle n'a plus de maman à cause du cancer. Au bout de quelques mois d'initiation, on emménage tous ensemble dans un appartement bien plus sympa, plus lumineux, plus grand. Le quartier a changé aussi. Ce sont toujours des résidences, mais elles sont bien plus chouettes. Ça s'appelle les Terrasses, et pour cause, on en a une très grande. On vit tous les quatre.

Plus besoin de passer au petit magasin Casino de mon ancien quartier avant l'ouverture. Mais un matin quand même, l'envie me prend de saluer Marius, alors j'y passe en vitesse. Il y a deux vigils inconnus qui ressemblent aux frères Rapetout.

— Bonjour Monsieur, il est pas là Marius ?

— Pourquoi ? Tu le vois quelque part ? Il travaille plus ici Marius. Allez, barre-toi.

Je décide sur le champ que je n'irais plus jamais dans un magasin Casino.

Plus les mois passent, plus mon emploi du temps se

remplit. Et la vie me gâte. Déjà j'ai l'impression d'avoir une vie familiale normale. Maman ne travaille plus la nuit, on mange mieux et plus régulièrement, et ça ne crie pas à la maison. L'école, ça roule, j'ai cours toute la journée, et je joue au foot avec mes copains aux inter-cours et aux recréations.Je passe mon temps avec Joss, Arnaud et Manu qui sont devenus mes potes les plus proches. Arnaud est doué naturellement pour tous les sports de balle et en athlétisme. Grand, coiffé en brosse, il nous écœure des fois tellement ça a l'air facile. Pied droit, pied gauche, main droite, main gauche il sait tout faire avec une balle ou un ballon. Joss, lui, il nous fait rire tous les jours. Il habite à dix mètres du collège et il arrive en retard tous les matins avec les cheveux n'importe comment. Il passe son temps à jouer au tennis. Chez lui, il a même une machine pour corder ses raquettes. Il fait ça comme un pro. Il a le teint mat, il n'est pas très grand, et il plait aux filles. Y en a un autre qui s'intéresse aux filles, c'est Manu. Lui et Joss sont sortis avec leurs premières filles cette année, Virginie et Hélène. Ils se sont embrassés avec la langue sur un banc entre midi et deux. Manu, il a deux grands frères qui sont dingues de musique, donc on profite souvent des nouvelles chansons qui sortent avant les autres.

Des fois, mamie m'appelle pour que j'aille la voir mais elle me saoule un peu. Surtout que le week-end, environ deux fois par mois, j'ai rendez-vous au stade avec 20 000 membres de ma tribu. Et puis aussi le samedi, je fais souvent du breakdance et du basket avec les gars de mon ancienne cité. Je m'entends surtout bien avec un Marocain, Karim. Il a perdu sa mère quand il était petit et son père vit à Tanger. Aux Lucioles, il vit avec son grand frère Mustapha et un vieil oncle aussi. Je crois que ça lui fait plaisir nos rendez-vous du samedi. À chaque fois, on se défie tout l'après-midi en un contre un jusqu'à ce qu'on ait plus aucune force. Il me touche parce qu'il fait le dur mais, moi plus qu'un autre, je sais combien ses parents lui manquent.

En plus je lis la nuit. À l'école, je sens bien qu'il faut être bon en maths, mais moi j'aime lire. J'ai troqué mes Club des Cinq et mes Fantômette contre Victor Hugo, Alexandre Dumas et Walter Scott. Mes nuits avec Jean Valjean, Edmond Dantès et Ivanhoé sont décisives. Pour la première fois de ma vie, je rencontre l'espoir, l'espoir qu'on peut vaincre l'injustice et aspirer au bonheur.

Vaincre, sept lettres. Un autre tirage de scrabble. Sans anagramme.

4

15 Octobre 1983

Une année s'est écoulée, ma nouvelle vie déroule sa routine, je commence à m'apaiser d'autant que j'excelle à l'école. Les profs se décarcassent. Notre professeur d'allemand, Frau Pailler, nous annonce un échange culturel linguistique avec une école située à Brême, en Allemagne de l'Ouest.

J'y suis passé l'été dernier en Allemagne. Avec mamie qui a conduit 1500 kilomètres notre Peugeot 504. La voiture a fait la route de Dordogne jusqu'en Autriche, jusqu'à Salzbourg précisément. On a mangé des glaces à la forteresse de Winkler, on a beaucoup rigolé au théâtre de marionnettes, on a admiré les jardins de Mirabell, et j'ai découvert les MozartKugel, des chocolats délicieux fourrés à l'amande, et enrobées dans un papier doré avec la tête de Mozart dessus.

Et puis mamie m'a emmené au Festival de Salzbourg, à l'Opera. Ce n'est pas tout à fait le même public qu'au stade, et puis les gens sont en smoking et ne disent pas de gros mots. Même moi, pour la première fois, je porte un nœud pap. Ça s'est passé à la Felsenreitschule, en plein air, dans un décor naturel où une falaise se penche au-dessus de la scène. Les yeux écarquillés, j'ai suivi les aventures de Papageno et Papagena, j'ai écouté la Reine de la nuit chanter dans sa robe majestueuse, j'ai applaudi à tout rompre durant les nombreux rappels de cette Flûte vraiment Enchantée. Pour la première fois, j'ai rencontré

Mozart.

J'ai découvert la beauté. Pas d'anagramme.

12 Mars 1984

Après plusieurs mois d'attente impatiente, départ pour l'Allemagne de l'Ouest donc. Le programme est clair. Bordeaux-Paris Austerlitz en train Corail, escale d'une journée à Paris, puis deuxième partie du voyage, Paris Gare du Nord-Brême en train de nuit. Et dix jours sur place, à Brême, au Nord. L'excitation règne parmi nous tous. Gare Saint-Jean à Bordeaux, notre bande s'entasse dans un compartiment, ça parle musique et football entre mecs, et nous savons déjà tous que la nuit sera blanche de Paris à Brême. Bien sûr, Arnaud, Joss, Manu et moi, nous sommes les plus cools et les plus entourés.

Mais au milieu de mes copains, je demeure un peu en retrait pour une fois. Je sais qu'à Paris-Austerlitz, mon père m'attend. Mon père m'attend pour passer la journée avec moi, pendant que mes potes vont visiter Paris. Maman a dû l'appeler pour qu'il donne son autorisation pour que je sorte de France. Il a dit qu'il voulait me revoir. Pour la première fois depuis huit ans. Le train entre en gare d'Austerlitz. On rassemble nos valises en écoutant les consignes des profs pour la journée. Mes yeux (ou plutôt mon œil droit, celui qui y voit) scrutent chaque silhouette avec crainte et espoir. Comment va-t-il réagir en me voyant ? Sera-t-il fier de moi ? Les minutes défilent, les profs s'impatientent.

Une main s'abat sur mon épaule. Je me retourne. Je reconnais mon père. Une joie immense et inattendue m'envahit, je m'approche pour l'embrasser après toutes ces années d'absence. Il me dévisage, il hésite et finit par dire :
— Excuse-moi jeune homme, ce n'est pas toi que je cherche.

C'est pas possible, il n'est même pas capable de me reconnaitre. Je suis dégouté, je le regarde sans rien dire.

Je suis anéanti. La prof d'allemand lui fait comprendre que c'est bien moi qu'il cherche, que je suis Gabriel Salvio, son fils.

La journée passe aux côtés de cet homme, mon père. Assez pour comprendre que sa vulgarité m'insupporte et qu'il me fait honte avec son gros ventre. Il me présente sa compagne du moment, Lucie, qui a le même âge que ma grand-mère. J'essaie de rester solide, mais tout me déstabilise. Je perçois déjà que cette journée laissera des cicatrices. À mon grand soulagement, comme on n'a rien à se dire, on se dirige en avance vers la gare du Nord pour retrouver mes copains de voyage. Mon père s'en va et me laisse seul à les attendre.

Ce n'est qu'une fois seul que je me rends compte que mon corps me fait mal. J'ai la sensation qu'une grenade m'a déchiqueté : mon père est un étranger. Je vomis dans un recoin du quai, je m'essuie la bouche, je colle un sourire sur mon visage. Ça m'étonnerait qu'on se recroise un jour tous les deux.

Direction Brême donc. Nuit blanche, musique, clopes, premières petites dragues avec les minettes de notre classe, le bonheur et un vent de liberté soufflent dans ce train de nuit. C'est un prélude annonciateur de notre séjour. Je découvre un autre monde. Tout le monde est très écolo ici, il y a même trois poubelles de couleurs différentes pour séparer ce qu'il faut jeter. Ma correspondante s'appelle Anja, elle sourit tout le temps, elle est hyper sympa et assez mignonne. Sa mère aussi d'ailleurs. Elle me fait penser à Kristel Carrington dans Dynasty, en version brune. Le reste du temps, même si le musée de la Marine, la grande église de CentralPlatz et la statue des animaux musiciens de Brême font partie du décor, notre attention se porte plutôt sur Kerstin, Doris, Martina, Claudia et leurs amies. On va tous au collège en vélo. Le rythme scolaire nous fait rêver, puisqu'à 13h30, les cours s'achèvent. Chacun apporte son casse-croûte et ses boissons en classe, tout le monde est détendu, même les profs.

Dans l'après-midi on va toujours assez nombreux chez l'un ou l'autre, mais souvent chez Jens quand même. Jens, il nous fait halluciner. Il a 14 ans comme nous, on a l'impression qu'il en a 18. Il parle déjà trois langues, sa maison est géniale. Il y a une piscine, un jacuzzi et un écran télé presqu'aussi grand que le mur. En plus il ressemble à une gravure de mode. Un genre de James Dean mais en mieux. Durant chaque passage chez lui, ça discute, ça rigole, ça vit, ça drague.

Joss et Manu sont à fond sur Kerstin et Doris, deux blondes aux yeux bleus juste magnifiques. Ils sont très doués pour les faire rire, et Arnaud et moi essayons de faire pareil. Celle avec qui je m'entends le mieux s'appelle Martina, elle a des yeux verts immenses, de longs doigts fins, elle est grande. Très grande. 1 mètre 77. C'est grâce à une grosse racine d'acacia sur laquelle je me tiens sur la pointe des pieds qu'on s'embrasse avec la langue la première fois. C'est ma première fois.

Les jours passent et les liens se tissent. Nos copains et copines allemandes n'hésitent pas à aborder avec nous des sujets sensibles liés à la Seconde Guerre Mondiale. Ils nous expliquent que la mentalité de l'Allemagne du Nord est bien différente de celle du Sud, en particulier de celle de Munich qu'ils détestent. D'après eux, la Bavière conserve encore un trop grand attachement à son passé nazi. Ils ont besoin de se démarquer du fascisme, d'en parler, de savoir ce qu'on pense d'eux, de partager leur besoin de se détacher de leur histoire récente. Parfois, je lis la honte dans leurs yeux et je compatis. On les écoute, on les rassure sur nos sentiments. Les émotions affluent et passent souvent des larmes au rire.

C'est la première fois que j'entends des jeunes de mon âge discuter de sujets tabous. Les thèmes portent donc sur les nazis, mais aussi sur le corps et la sexualité. Vautrés par terre ou assis tailleur, allongés sur des poufs ou à moitié nus dans le jacuzzi, on rigole au milieu des bières et des volutes de fumée. Bien sûr, on apprend en priorité tous les mots allemands qui désignent les parties intimes et les relations corporelles. En particulier, nous mettons un point d'honneur à prononcer parfaitement « *Willst du mit mir schlafen ?* » en nous marrant. On est encore trop jeunes pour demander à une fille de coucher avec nous, mais on espère que ça sera utile un jour. Une certaine liberté plane sur les conversations liées à nos doutes et nos envies. Il faut avouer que les quantités de bière qui défilent sont astronomiques, et toute forme de timidité s'évapore avec le houblon et les WeissBier qui s'enchainent non-stop.

Les sentiments que j'éprouve sont nouveaux. Complexes. Ces discussions me donnent à réfléchir. Mais je décide aussi qu'ignorer des pans de mon passé sera ma meilleure protection.

Ce voyage nous a encore rapprochés avec Joss, Arnaud et Manu. On s'est vraiment éclatés, on a adoré l'ambiance et les découvertes. Tout est nouveau pour nous. Sur le chemin du retour, on ne se lasse pas de se repasser en boucle toutes les anecdotes du séjour. Notre groupe a vraiment fait le plein d'émotions, de joies, et de tristesse aussi en laissant derrière nous Martina, Kerstin, Doris et les autres avant de rentrer à Victor-Louis.

16 Février 1985

Mais le bonheur, c'est que onze mois plus tard, c'est reparti. Les élèves qui font allemand première langue, comme nous, apprennent tous le latin aussi. Et nos professeurs nous annoncent que, pour nous récompenser de nos résultats, notre classe a été choisie pour aller visiter Pompéi, Herculanum et le Vésuve. Vingt-quatre heures de bus de Bordeaux à Naples, en passant par Marseille, Nice, Milan et Rome. Notre groupe se sent sur le toit du monde. Rien n'a d'importance, on prend tout à la légère, on chante à tue-tête Phil Collins, Dépêche Mode et Madonna. Ça pourrait être un conte de fées si j'y croyais.

L'Italie est une révélation. J'aime tout. Lorsque nous traversons Rome, j'ai l'impression d'être chez moi, de tout connaitre. Les rues, les monuments, même les mots me semblent familiers. J'en viens à me demander sérieusement : aurais-je vécu ici dans une vie antérieure ? Notre prof de français-latin, Mr Caillot en profite pour nous faire un petit cours d'histoire. Mais nous, plutôt que la louve romaine, Remus et Romulus, on fantasme sur la rivalité entre la Lazio et la Roma, Mussolini, la Fontaine de Trevi, la Dolce Vita, Mastroianni et Sofia Loren, la piazza di Spagna et les hippies d'avant qui, dans les années soixante, venaient y fumer leurs joints en regardant passer les gens.

Comme d'hab, les plus bouillants, c'est notre bande de quatre devenus inséparables. Tous en pleine croissance, nous avons grandi d'entre huit et douze centimètres depuis Brême, et aussi pris un peu confiance en nous. On n'a pas envie de dormir du tout, donc on dort pas. La musique de nos cassettes préparées à l'avance rythme nos étapes pour les pauses pipi.

Maureen, notre accompagnatrice anglaise brune frisée, à peine majeure, qui parle super bien français, nous initie aux tous derniers hits de la new-wave anglaise et nous buvons ses paroles. D'autant qu'elle a de gros seins et une très belle bouche. Le trajet nous semble court jusqu'à Napoli. Dès les premiers instants, il semble évident qu'on a atterri dans un monde différent du nôtre. Notre classe dort dans une auberge de jeunesse de fortune, ambiance douches tièdes et lits durs. Juste en face de l'auberge, il y a les vestiges d'un terrain de basket.

Confrontation sportive quotidienne avec les locaux du quartier. On joue au foot contre des garçons de notre âge avec les moyens du bord, c'est à dire une balle de tennis pourrie. Ils sont cools. Ils nous apprennent nos premières vulgarités napolitaines, on admire leurs tatouages, et nous partageons avec eux nos cocas et nos gâteaux. Pendant notre quartier libre l'après-midi, ils nous emmènent plonger depuis les rochers dans la baie. Un jour, après la baignade, ils roulent un gros joint, un gros *« canna »* comme ils disent. Ce canna remporte un vaste succès, et il devient vite un rituel quotidien. Ici, c'est comme ça, ils vivent de pas grand-chose, mais si tu es dans leur camp, leur générosité l'emporte sur tout le reste.

Pendant les visites de sites archéologiques mythiques le jour, on est sages comme des images. Mais, dès que nos deux profs sont couchés, Maureen nous laisse filer avec la promesse qu'on sera de retour à une heure du mat. On rejoint nos nouveaux potes qui nous emmènent en virée, nous vivons dans un tourbillon permanent de bonheur et de découvertes. Naples ne dort jamais. Ça roule sur des mobylettes sans casques, ça ne respecte aucune sécurité, ça discute sans arrêt, il fait chaud la nuit, la ville resplendit sur fond de Vésuve, on mange les meilleures glaces du monde. Un soir, de loin, ils nous montrent un bâtiment du doigt, qui a l'air grisâtre et austère mais qui donne sur la mer. Ils essayent de nous expliquer mais on « *capisce* » pas.

Alors ils nous y emmènent. Il s'agit de l'Instituto Penale per Minorenni de Naples. Pas la peine de traduire. Ils y ont déjà des copains détenus, et on comprend vite qu'ici l'espérance de vie diffère de chez nous.

Certes, le Vésuve, Pompéi, Herculanum et son odeur de soufre marquent nos esprits. Mais les mammas qui hurlent, le linge pendu partout, l'impression constante de pauvreté intimement liée à la générosité et au partage, nos copains napolitains à l'avenir court, tout ça nous surprend et nous émeut encore plus.

Malheureusement, avec les filles de notre classe rien de spécial ne se passe puisqu'on dort dans des dortoirs séparés et que la nuit Maureen ne veut pas les laisser sortir seules. Et puis moi, ça me va bien. Bien caché sous des apparences de gouailleur, je suis timide. Il y en a une qui me plait beaucoup, mais ma stratégie de séduction consiste à l'éviter au maximum, de peur de commettre une bourde. Je commence à beaucoup penser à elle. Un peu garçon manqué, un peu timide aussi, elle me séduit par son rire contagieux et son accent agenais. Elle me fait penser à Jeanne Mas. Elle s'appelle ROSALIE. Anagramme : SOLAIRE. Je me sens déstabilisé par cette attraction. D'habitude, je préfère les blondes aux yeux bleus plutôt que les garçons manqués. Quand je la regarde ou que je ne suis pas loin d'elle, des petites crampes d'estomac s'installent et se succèdent, et ça ne m'aide pas du tout à me détendre et à aller lui parler. Il me semble bien l'avoir surprise en train de me regarder en coin. Mais comment en être certain. Et puis il est hors de question de prendre le risque de me ridiculiser devant les autres si elle m'envoie bouler. Il y a des chances qu'on ne se parle jamais si elle est aussi timide que moi. TIMIDE. Pas d'anagramme

Le retour en bus me semble interminable. C'est long vingt-quatre heures à la recherche d'un prétexte pour aborder quelqu'un. Je décide que ça sera pour une autre fois. Je comprends aussi que quelques soient les obstacles, je serai patient en amour. Et que même adolescent, les passades n'ont pour moi aucun intérêt. Je fais donc bonne figure avec mes potes. On passe en revue ces cinq jours italo-napolitains qui nous ont tous fait chavirer. La tête, les yeux, les oreilles, le nez, le cœur, les mains, tout y est passé. Manu ne peut pas s'empêcher d'ajouter que Maureen aussi elle y est passée, et on éclate d'un rire idiot, interminable et magnifique. Mais c'est juste pour rire. On est encore innocents. Pas pour longtemps, mais encore innocents. INNOCENTS, pas d'anagramme.

Retour sur Bordeaux épuisés et heureux. À l'arrivée, on s'invente un pacte que l'on croit ultra-original "*tout ce qui s'est passe à Napoli reste à Napoli*". En fait, à l'échelle planétaire, rien de révolutionnaire ne s'est produit pendant la semaine. Mais nous quatre, nous avons bien conscience que ce voyage marque un tournant. Il nous fait prendre conscience que se terminent les années collège, et je sens confusément s'opérer un changement. Une certitude s'installe en moi. Mon insouciance de ces trois dernières années touche à sa fin. Dans les derniers jours de collège, je regarde avec appréhension les autres bâtiments, les grands bâtiments du fond de la cour. Nouveaux bâtiments, nouveaux élèves, nouveaux profs, nouvelles matières. Pour moi changement et nouveauté, ça veut aussi dire méfiance. Mais bon, l'été se profile, on verra bien en septembre.

5

1er Août 1985

Cet été, retour à Claouey sur le bassin d'Arcachon avec Michel, Sophia, maman et ma famille de scrabbleurs frustrés. On n'a pas les moyens d'être au Cap-Ferret, et puis il faut protéger Jacky. Un trisomique en villégiature avec les bourges du Cap-Ferret, c'est inenvisageable. Notre location est une chouette villa qui surplombe ce fond du Bassin, au milieu des pins sur le haut de la dune. La pétanque, les Histoires Extraordinaires de Pierre Bellemare sur Europe 1, et la Fête à la Gigasse rythment nos vacances.

La fête à la Gigasse, c'est la fête de l'huître du bassin d'Arcachon. Les stands de cette foire foraine nous permettent de tirer à la carabine, d'aller à la pêche aux canards, de taper dans un punchingball, ou encore d'hurler sur le Grand Huit. Quelques arrêts au stand d'huîtres et trop de pastis entrecoupent nos exploits. D'ailleurs, mes cousins plus âgés contribuent largement à ma découverte d'alcools jusqu'ici inconnus. Marie Brizard, Get 27, Malibu ananas, chaque soir, c'est un festival. Le reste du temps, bronzage, baignades dans les vagues de l'océan et cubitainers de vin peu recommandable meublent nos journées.

Nous faisons aussi des balades à vélo sur les pistes cyclables, au milieu des pins. Les cigales, les senteurs, les jonquilles sauvages et le bruit des vagues proches nous éloignent un peu de la réalité historique. Michel, féru d'histoire, m'explique que la réalité historique, c'est que ces pistes aujourd'hui sources de tant de bonheurs et de villégiatures furent construites dans un passé récent par l'occupant nazi, pour surveiller cette partie de la Côte Atlantique. En témoignent encore quelques bunkers pleins de graffitis qui disparaissent au fil des ans et de l'érosion du littoral.

29 Août 1985

On oublie tout ça, et les vacances tirent à leur fin. Et puis le drame. Encore. Parti faire une sortie à bicyclette de 120kms, routinière pour cet ex-champion de France amateur, Michel tarde à revenir. Au bout d'un moment, tout le monde panique vraiment. Les pompiers l'ont trouvé dans le fossé, la tête en sang, le vélo fracassé, victime d'un chauffard en fuite. Il est dans le coma. Les flics ont pris à la hâte le témoignage d'un autre automobiliste qui a pris soin de décrire la voiture, une Mercedes 190 vert bouteille, immatriculée en Espagne.

2 Septembre 1985

Bien sûr, faute de moyens et de communication, l'enquête ne donne rien. Je suis assis à côté du lit d'hôpital où Michel reste plongé dans le coma. Il y a plein de tubes partout, j'ai envie qu'il se réveille. Et là, près de son lit, l'inquiétude et l'impuissance me dévorent. Je piétine sur place. Je ne sais pas quoi faire. Michel m'aime comme un père, beaucoup mieux que le mien en tout cas. Je crains qu'il fasse comme mon grand-père, et qu'après m'avoir fait toucher le bonheur de la normalité, il s'en aille. Alors moi le logique, le cartésien, l'athée de base, je renonce à mes principes.

Dans ma tête, je prie. Oui je prie. Je prie pour Michel CALERE, homme droit, bon et honnête, enfant né en 1940 dans un Bordeaux occupé par les Allemands. Issu d'une famille très modeste et d'une éducation « à la dure » comme on dit, cycliste talentueux jamais passé professionnel à cause de son éthique anti-dopage, il git ici dans le coma. Homme chaleureux et sincère, dessinateur surdoué, il nous a sortis de l'ornière maman et moi. Alors je prie le barbu pour que pour une fois, dans la vraie vie, les gentils s'en sortent indemnes. Et ce 2 septembre 1985, ma non-croyance vacille lorsque je vois bouger sa main.

9 Septembre 1985

La rentrée devrait être joyeuse. Michel est en convalescence, et il va s'en sortir. Mais la rentrée en seconde se passe mal. On nous apprend à Joss, Arnaud, Manu et moi qu'on ne sera pas dans la même classe. Il faut désormais mélanger les bons élèves et les mauvais. Des génies de l'Éducation Nationale ont préconisé un *« brassage complet »* et un « *nivellement par le haut* » ! Ils ont une vision pour la jeunesse du pays. Pas la même que nous en tout cas. Cette séparation me fracasse. J'éclate, je suis en mille morceaux. On a discuté tous les quatre après les cours, mais je souffre plus que les autres de ce changement. Je n'ai pas envie de rentrer chez moi tout de suite. Alors, je passe voir Karim, Bâtiment 4, Cité des Lucioles. Karim, c'est le petit frère de Mustapha, celui qui fait peur à tout le monde à Victor-Louis. Mais moi, « le petit joufflu » comme il m'appelle, il m'a à la bonne. Pendant trois ans, on a fait Éducation Physique et Sportive ensemble, avec sa classe de CPPN, ceux dont le parcours scolaire s'arrête fréquemment en fin de troisième.

Et depuis, Karim et moi, on entretient un lien hebdomadaire, qui suffit à protéger mes potes des foudres de Mustapha.

Karim, il fait partie de mon autre vie, ma vie du samedi. Depuis deux ans, on se voit souvent le samedi à la Cité des Lucioles. Dès le début, il m'a pris sous son aile. Comme j'étais encore un peu « bouboule » à cause des gâteaux de mamie, il m'a incité à faire du sport avec lui. Jogging, basket, breakdance et foot bien sûr. Au niveau du poids, cette boulimie sportive a vite porté ses fruits. Je me suis affiné, musclé, et je grandis.

Par contre, au niveau du souffle, on pourrait s'améliorer. J'ai la chance de détester les clopes, mais les petites barrettes de shit qui arrivent de Tanger, ça, c'est une autre affaire. Alors, ce 9 septembre, ce soir de lundi noir, quand je me pointe en bas du bâtiment 4, Karim fait taire les autres. Il roule un énorme joint, un énorme six feuilles bien tassé, et on l'attaque en silence. Je sais que venir un lundi soir ici, ce n'est pas une bonne idée. Je sais que fumer cet énorme spliff est une erreur.

6

21 Juin 1986

Michel, maman et Sophia, eux vont super bien. La très grosse frayeur de l'an dernier les a encore plus rapprochés. Maman a fait rentrer Sophia à l'hôpital comme aide-soignante. Toutes les deux, elles passent seize heures par jour à bosser. Et Michel part souvent pour le boulot. En fait, je ne les vois jamais. Même si maman s'évertue à me répéter que le bac c'est important, les mots leur manquent pour s'opposer aux courants qui m'emmènent vers les turbulences de la cité.

Le gentil bambin de la campagne, celui qui courait dans les champs au milieu des vaches, des fleurs et du maïs, cet enfant a bel et bien disparu. Aujourd'hui, les champignons que je commercialise pour Karim depuis quelques mois, n'ont rien à voir avec des jeunes cèpes, des coulemelles, ou encore des girolles. Je fume des joints en continu. On a tissé notre petit réseau aux Lucioles et on a de la meilleure came que les gars de Cenon ou de Lormont. On contrôle les champignons et le shit sur toute notre ZUP.

Mais bon, ce soir, place à la coupe du monde de foot. Tous les jeunes des Lucioles se massent dans la MJC devant l'écran télé. Soir de match. Pas n'importe lequel. Quart de Finale France-Brésil. On passe par toutes les émotions. But pour le Brésil d'entrée, égalisation de Platini. La France doit perdre cinquante mille fois mais ça tient. Penalty pour le Brésil. Miracle de notre gardien. Prolongations. Série de penalties. Platini rate le sien, les Brésiliens en loupent deux.

C'est fini, on est qualifiés, les Bleus ont brisé le signe indien et ravalé un peu les larmes du 8 juillet 1982. Un peu de justice. Beaucoup de bonheur.

On sort en ville, parce qu'en plus en ce jour de solstice d'été, c'est la fête de la musique. À un moment, j'aperçois Manu et Arnaud avec un groupe de filles de notre lycée. Comme je les vois moins souvent dans l'année, j'ai envie de passer cette nuit de fête avec eux. J'embrasse Karim, qui me laisse filer à contrecœur. Je n'ai pas pu résister parce que dans le groupe des filles il y a une nouvelle, une Grecque qui me plait bien. On sort déjà ensemble, elle ne veut pas coucher, mais ça ne me gêne pas.

Ça me va bien, parce que depuis plusieurs mois, je fais n'importe quoi. Ça me va bien parce qu'aux Lucioles, je me tape tout ce qui passe, et j'en ai rien à foutre.

Les codes ne sont pas les mêmes qu'au lycée. Tout se marchande, et comme des fois, il n'y a pas d'argent, il existe en parallèle une économie de troc bien comprise et acceptée : une pipe pour du shit.

Pour l'instant, on se cantonne au statut de petits dealers. Ça suffit à financer nos virées nocturnes, nos places de foot, et nos concerts. Le soir, on écoute les radios libres genre NRJ, et surtout Skyrock, et les rappeurs en herbe chantent à tue-tête. Faux, mais à tue-tête.

Quand je suis avec Joss, Arnaud et Manu, un de nos endroits préférés est la Patinoire de Bordeaux pour voir les gros groupes à la mode genre The Cure, Simple Minds ou Dépêche Mode et j'aime ça. Avoir la chance d'assister aux concerts au premier rang avec mes potes, suer, brailler, rigoler, quel kif.

Quand je lui en parle, Karim se fout de moi, il trouve que cette musique-là, c'est trop commercial. Lui, il préfère d'autres genres. Au moins une fois par semaine, il me traine dans une salle plus underground où il y a du punk, du rock alternatif et surtout du rap. Petite salle, ambiance bouillante, ça dégénère souvent. Autant j'aime découvrir ces sons agressifs, autant la violence systématique me fatigue vite. À chaque sortie nocturne avec Karim, on essaie d'éviter les mecs de la Rive Droite, qui d'après ce qu'on sait, *« sont passés à l'étape suivante »*. En clair, ils dealent des drogues dures, et la rumeur dit qu'ils ont des guns. Karim et moi, on ne veut pas entendre parler de la coke ni de l'héro. L'héroïne a coûté la vie à Mustapha la nuit de Noel. Ça a été affreux. Officiellement, il est rentré à Tanger. Il a fallu mentir à tout le monde.

Karim a pris sa place et il essaie de contrôler tout ce qui se passe aux Lucioles. On a la réputation d'être des mecs « clean », et on veut éviter les ennuis au maximum. Moins les keufs, qu'ici on appelle les Schmidts, se pointent dans la Cité, mieux c'est. Et tant qu'il n'y a rien de grave, ils ne viennent pas. Ils nous considèrent comme des moins que rien sans potentiel réel. Alors, nos petits trafics continuent. En plus, les clients adorent un truc, un truc que m'ont enseigné les lascars napolitains. Quand arrive une nouvelle cargaison, pour avertir les clients qu'ils peuvent venir, on tire quelques fusées colorées dans le ciel. Ce sont des fusées qu'utilisent les bateaux en détresse pour se faire repérer. Nous on les appelle nos *« fusées d'allégresse »*.

Mes potes de toujours ne savent rien des Lucioles, car je veux les protéger à tout prix. Je m'attache à toujours les rencontrer en ville si on a décidé de trainer ensemble. Cette duplicité me met souvent mal à l'aise, mais je considère que notre amitié le vaut bien. Ils sont les piliers de la partie positive de ma vie. Avec eux, mon corps et ma tête fonctionnent à l'endroit. Le sport, la musique, les filles, tout me semble simple et ordonné. Ils sont mon équilibre, mon filet de sécurité. Mais parfois, sans savoir pourquoi, je passe entre les mailles et je bascule du côté sombre.

En parallèle, j'essaie d'assumer ma vie diurne au lycée. Je vais entrer en première scientifique et je ne travaille déjà plus du tout. Sur mes bulletins, ils mettent toujours en avant mes capacités mais c'est surtout ma mémoire qui me permet de masquer mon dilettantisme. En plus de ma mémoire visuelle, je me rends compte que je souffre d'hypermnésie. Mon cerveau a emmagasiné des millions d'informations, la plupart inutiles, mais suffisantes pour répondre aux exigences de la scolarité du moment. Visualiser des ratures de mon cahier pendant des interrogations me déroute un peu, mais bon, je m'en accommode avec facilité. Donner des résultats de foot vieux de trente ans avec noms des buteurs et de l'arbitre génère toujours de la curiosité. Voire de l'incrédulité. Ce dont je profite en pariant avec ceux qui doutent de moi. Et bien sûr, si je chante n'importe quelle chanson par cœur, j'essaie de jouer de l'effet de surprise, surtout avec les filles. Entre midi et deux, après la cantine, je retrouve Joss, Arnaud, et Manu pour jouer au foot bien sûr. Un certain Tom, qui a les mêmes goûts musicaux que nous et que les filles adorent, fait son entrée dans notre clan. À cause de son physique, j'ai décidé de le surnommer Huck en hommage à Huckleberry Finn de Mark Twain.

Le bac approche à grands pas et je m'en fous complètement. Je ne pense pas du tout à l'avenir. J'ai déjà eu ma part de drames, alors je ne veux me mettre aucune pression. Mais, intérieurement, je flippe. Je crois que je crains l'échec. J'ai l'impression que je choisis de me saborder et je n'arrive pas à savoir pourquoi. Pourtant je peux compter sur ma famille et sur mes potes, mais je sens une faille en moi. Un peu comme si j'avais besoin de me faire du mal, de m'abimer. Comme si j'avais besoin de marcher au bord d'une falaise dans la nuit avec les yeux fermés. Je crois que je veux juste savoir si quelqu'un me sauvera de ma chute certaine. Les mois passent, et je coule doucement. Karim aussi il coule. Il n'arrive pas à digérer la mort de Mustapha, ni son statut trop précoce de boss de la cité. Le business de la cité se tend, Karim se tend, et les mecs de Lormont se sont encore renforcés. Les cousins de Tanger ont envoyé des « gros » pour sécuriser les accès aux zones sensibles de la cité, là où on coupe et où on vend. J'ai de plus en plus la certitude que contrairement à notre promesse mutuelle, Karim n'a pas résisté, et qu'il a mis le nez dans la coke. On se clashe de plus en plus, je le sens devenir faux et parano. Lui se cache derrière le fait qu'on aide des familles, qu'on fait office d'aide sociale aux défavorisés, qu'on leur fait oublier leur quotidien. Mon cul, oui. Je suis ferme, et s'il veut passer à la vente de coke et d'héro, ça sera sans moi.

7

18 Octobre 1987

Le bac de français s'est passé moyen, je suis en Terminale C, j'ai complètement arrêté de bosser. Je suis de plus en plus tiraillé entre mes deux mondes, et j'essaye de me retrouver, mais je suis paumé. Heureusement, grâce à Manu, Joss, Arnaud et Huck, il y a quelques éclaircies dans ma tête embrumée. Ils sentent confusément qu'il y a un truc qui cloche. Donc, vraiment parce que je suis celui à qui ça fait le plus plaisir, on décide d'aller à la fête des Quinconces un dimanche après-midi. Et ça fonctionne pour moi. On se cartonne aux auto-tamponneuses, les montagnes russes nous déglinguent, on fait hurler les gosses dans la maison hantée, on rigole, et on s'envoie une énorme gaufre chocolat-chantilly. Le nutella chaud qui dégouline et la chantilly sur des gaufres, il n'y a que ça de vrai.

— Alors les pédés, on joue aux racailles ?

Pas besoin de me retourner, je sais à qui appartient cette voix. Mes potes d'enfance n'en mènent pas large face à Karim, ses trois cousins, leurs deux pitbulls, et leurs poings dans les poches. Je suis coincé. Karim fait semblant de ne pas me connaitre. Il s'approche de moi et me chope à la gorge.

— Comment tu t'appelles toi le joufflu, hein ? J'ai qu'un mot à dire et mes mecs vous fument toi et tes potes, t'as compris ? La prochaine fois que je te vois ici, tu vas morfler. Si je te rechope avec eux, pas besoin de te faire un dessin.

Ils s'éloignent en riant et en nous menaçant du doigt. Je souffle un grand coup mais Manu n'oublie jamais un visage.

— Mais c'est le petit du CPPN, le petit frère de Mustapha, cette raclure des Lucioles.

C'est bien lui, ils l'ont reconnu, et ils ignorent qu'ils alimentent la jalousie haineuse de Karim.

19 Octobre 1987

Je laisse passer la soirée, et le lendemain après les cours, je file aux Lucioles incertain de l'état dans lequel se trouve Karim. Hier, ses pupilles dilatées et son agitation m'ont inquiété pour de bon.

— Alors, ils ont kifé la foire des Quinconces tes potes hier ?

Il est hilare, content de lui et de sa connerie de la veille. Et ses sbires massés autour de lui sont morts de rire.

— Mais t'es con ou quoi ? À quoi tu joues à me prendre par la gorge devant mes potes. Aux autres tu fais ce que tu veux. Mais pas à moi, ok ou pas ?

— Houlà la, monsieur Gabriel Salvio se rebiffe.

Il se lève, m'attrape à la gorge, et colle son front au mien.

— À qui tu crois que tu parles le joufflu ? À part ton bac et te faire sucer dans les caves, tu sers à quoi ?

Il serre encore, puis me relâche. Je suis livide. Il se retourne vers les autres.

— Vous regardez quoi ? Cassez-vous, allez couper du shit.

L'assistance silencieuse se volatilise. Il hurle, il sait qu'il a dépassé les bornes. Je m'éloigne la tête dans les épaules.

— Gaby, reviens. Pardon, Gaby, reviens putain.

Il court vers moi, me serre dans ses bras, cale ses pupilles au fond de mon regard humide et appuie son front contre le mien, doucement cette fois.

— Pardon Gaby, j'y arrive pas sans toi. Il y a que des crétins autour de moi, ils comprennent rien, y a que toi qui peut m'aider.

Je ne réponds pas. Je ne sais pas quoi dire. Karim pose ses mains sur mes tempes et pose un smack bruyant sur mes lèvres.

— Je t'aime Gaby, je t'aime mec.

C'est la première fois qu'on me dit je t'aime. Et je n'y crois pas une seconde. Je tourne les talons aussi sec et je repars chez moi. En regardant le journal de 20h, j'entends que ce lundi 19 octobre 1987, de l'autre côté de l'Atlantique, à New-York, dans un endroit qu'on appelle Wall Street, la planète finance a subi un tremblement de terre, un krach boursier.

Ils l'appellent Black Monday. Pour moi aussi, c'est un lundi très très noir.

18 Novembre 1987

18h15. J'arrive aux Lucioles. Faut que je parle à Karim. En bas du bâtiment, il y a un petit attroupement, ça a l'air de chauffer avec une cliente. Les mecs sont bouillants. Ils l'encerclent et la bousculent à tour de rôle. Elle doit avoir 19-20 ans, brune, cheveux courts, des traits méditerranéens, un justaucorps noir et un blouson de cuir. Pas mal mais un peu trop maigre à mon goût. Je ne l'ai encore jamais vue ici. Malgré le danger évident, elle ne réagit pas et se laisse molester. Ses yeux semblent mi-clos.

On ne veut pas d'ennuis avec les clients, surtout ceux qu'on ne connait pas, alors il faut que je fasse baisser le niveau de testostérone ambiant.

— Oh les gars, vous faites quoi là ? Calmez-vous putain. C'est quoi le problème ?

— On va lui apprendre le respect à celle-là. Elle nous prend pour des voleurs ou quoi ? Elle se plaint qu'on la sert pas assez, et qu'à ce prix-là, elle en veut plus. On va lui en donner pour son oseille, t'inquiète, elle va l'avoir sa dose, hein les gars ?

— Ça va l'Iroquois, arrête de me saouler. Et puis celle-là laisse tomber, regarde-la, à part toi et ta crête, personne en veut. Regarde-la, elle pèse dix kilos toute mouillée, c'est pas avec ça que tu vas t'amuser. En plus, ton kif, toi c'est les grosses non ? Allez, file-la moi que je la vire.

— Arrête joufflu, tu vas te la garder pour te la faire dans le parking.

— Lâchez-moi avec ça. Bon, je la vire et je reviens, faut que je parle à Karim. Et Momo, dis aux guetteurs qu'elle rentre plus ici dorénavant.

— Dorénaquoi ?

— À partir d'aujourd'hui abruti.

Je la tiens fort par le bras, je la tire presque, on marche en silence pour s'éloigner. Cinq minutes plus tard, la mâchoire serrée, je la fixe.

— Tu t'appelles comment ?

Silence.

— J'ai dit, tu t'appelles comment ?

— Françoise Dupont.

Ça me cloue sur place.

— Te fous pas de ma gueule. Françoise Dupont, c'est le vrai nom de Fantômette. Alors ? Ton nom, your Name, tuo nome, bordel !

— Je ne peux pas te le dire.

Bizarrement, je la crois. Aux Lucioles, j'ai appris à lire les gens.

— Écoute moi bien Fantômette, si tu reviens ici, je pourrais plus rien pour toi. J'ai pas besoin de te faire un dessin. C'est pas la bibliothèque rose ici.

— Ramène-moi chez moi s'il te plait, je ne vais pas y arriver toute seule.

Son ton plaintif m'agace et en même temps, elle est touchante.

— T'habites où ?

— Au centre, à côté de la place de la Comédie.

— C'est pas un peu cher comme quartier pour une mendiante ?

Elle me fusille de son regard vert pâle. Plus par curiosité que par charité, je décide de la ramener à son appartement. Elle vit rue du pont de la Mousque, près du Grand-Théâtre de Bordeaux, construit par Victor-Louis. Cette rue du Pont de la Mousque, elle est connue à Bordeaux. C'est une rue à la limite du vieux Bordeaux, où devant certains pas de portes, on trouve des dames qui fument, des péripatéticiennes, des putes quoi. On est aussi à la limite du fameux triangle d'or comme disent les agents immobiliers bordelais. Un univers très éloigné du mien.

Elle habite dans un immeuble du dix-neuvième, en pierre

de taille. Je suis impressionné par son architecture et son luxe intérieur. L'ascenseur nous conduit au troisième étage, entièrement occupé par un seul appartement, celui de Fantômette. Il est immense. Il y a trois mètres cinquante de hauteur sous plafond, trois chambres, trois salles de bains et une pièce à vivre gigantesque avec une cuisine rouge qui n'est pas séparée du salon. Les murs sont blancs, je remarque trois chandeliers et quatre miroirs. Et bien sûr, sous chacun d'eux, trône un petit buste féminin orné d'un masque noir.

— Ah ouais, tu te prends vraiment pour Fantômette quoi ! En plus du look, t'as même les masques !

— Tu as vraiment un Œil de Lynx.

La référence au journaliste ami de Fantômette me fait sourire, et elle le remarque. Le bordel qui règne sur les deux cents mètres carrés de ce bijou est innommable. Des tonnes de bouquins jonchent le sol.

— Et le ménage, c'est en option ?

— Je n'ai pas le temps, ça rigole pas à Montaigne. Je bosse comme une folle en khâgne.

— En quoi ?

— En khâgne. C'est une prépa littéraire. D'où l'appart qui croule sous des millions de pages à lire.

Elle me plait, donc je vais me saborder avec une blague nulle, forcément.

— Tu es en khâgne, et tu travailles comme une chienne.

Elle éclate de rire. Un rire contagieux. Mais, quelque part, il y a une fêlure, je le sens. Mon instinct me met en garde.

— Tu foutais quoi aux Lucioles si t'as tellement de boulot ?

Silence.

— Fantômette, je t'ai jamais vu aux Lucioles. Tu te pointes la bouche en cœur, toute seule, personne te connait, et tu cherches des noises parce qu'on te file pas assez de shit ?

– J'ai une tête à fumer du shit moi ?

Elle remonte ses manches. Elle a les bras violets, avec plein de trous. Je suis blême.

– Avant, j'allais à Lormont chercher mes doses. Mais à Montaigne, on m'a dit que depuis deux mois, on trouvait aussi de la coke et de l'héro aux Lucioles, alors j'ai voulu comparer. Et puis là, je suis tombée sur tes sbires.

Putain de Karim. Aucun son ne sort de ma bouche. Elle lit dans mes pensées.

– Ben ouais Œil de Lynx, c'est pas la bibliothèque rose. Faut assumer. Tu m'as sûrement sauvée d'une tournante, mais t'es qu'un putain de dealer de merde. C'est à cause de mecs comme toi que j'ai les bras violets.

Je veux protester, lui dire que je suis contre l'héroïne, que ma seule héroïne, depuis toujours c'est Fantômette, mais je reste muet.

– Tu veux du café ?

J'acquiesce faiblement. Je ne sais pas quoi faire ni quoi dire.

– Tu peux rester ici un peu s'il te plait Œil de Lynx ? Ça va faire douze heures sans piqûre. Je vais essayer de tenir, mais toute seule, ce n'est pas si simple.

Quatre jours et quatre nuits. Je fais ce que je peux pour la soulager pendant quatre jours et quatre nuits. Le temps prend une autre dimension, elle souffre et moi avec elle. Elle avoue être tombée dans l'héroïne à seize ans. Elle n'a jamais fait le deuil de ses parents morts accidentellement alors qu'elle n'avait que six ans. Je n'ose pas demander comment ils sont morts. Elle évoque doucement son adolescence compliquée, sa tendance à se faire du mal très tôt. Sa tendance à avoir l'impression de ne jamais être à sa place nulle part. Elle m'avoue qu'elle glisse sur une pente noire depuis longtemps, et que seule la lecture peut la freiner. J'ai vu ses poignets et de vieilles cicatrices fines me font penser que dans le passé, elle s'est taillé les veines. Elle me touche terriblement. Par moments, elle est d'une rare lucidité et sa culture s'avère immense. Malgré le contexte, nous parlons beaucoup et sa passion littéraire est sans bornes. Littéralement. Bien que dévorée par les démangeaisons, elle aborde les littératures espagnole, russe, américaine, française, italienne, d'hier et d'aujourd'hui, et moi j'écoute, fasciné. Lorsqu'elle me demande si je lis, je réponds que j'ai arrêté, mais que j'ai aimé Edmond Dantès et Jean Valjean.

— Si l'injustice et la vengeance te plaisent tant que ça, tu devrais lire Boris Vian, parole de justicière.

Elle est si faible et son sourire si beau. Ses yeux sont encore plus verts et encore plus pâles.

— Tu t'appelles comment Mr le dealer ?

— Gabriel, comme l'archange.

— Gabriel Comlarchange. C'est bizarre ça, comme nom de famille.

Je souris. Pour la première fois depuis longtemps.

— Va falloir que tu partes maintenant. Ça fait quatre jours qu'on papote, mais il faut que tu files retrouver l'Iroquois non ?

— Je ne retournerai pas aux Lucioles. Et je ne peux pas te laisser dans cet état.

— Si, tu vas partir. Et vite. Mon frère aine va débarquer bientôt. Et quand il va me trouver dans cet état comme tu dis, je pense qu'il va mettre un terme à mes études à Bordeaux. Pars, je t'en prie, il ne faut pas qu'il te voie. Il est puissant et dangereux. Il va me demander d'où vient la came. Alors oui, c'est mieux pour toi qu'il ne te trouve pas aux Lucioles.

— Dangereux de quoi ? Moi aussi je peux être dangereux.

— Laisse tomber. File s'il te plait.

– Donc, je t'aide, tu me fous dehors et on se reverra plus c'est ça ?

– Mais si, on va s'écrire. Écris-moi ici, je ferai suivre mon courrier où que j'aille. Tu pourras me dire ce que tu penses de Boris Vian. Celui auquel je pense, ça s'appelle *J 'irai cracher sur vos tombes*. Et puis, au dos de l'enveloppe, tu n'auras qu'à mettre l'adresse de retour sous ton nom, Monsieur Comlarchange.

Je suis énervé. Énervé et triste. J'arrache à moitié la poignée de la porte pour sortir lorsque j'entends :

– Pour la destinataire, tu mets Morales. Paquita Morales.

21 Juin 1988.

Je l'ai eu. Je sais par quel miracle je l'ai eu, mais je l'ai eu. Au rattrapage, mais je l'ai eu ce putain de Bac C. Faut dire aussi que j'ai arrêté les joints et que j'ai essayé de rattraper le temps perdu depuis la seconde.

Je n'ai remis les pieds aux Lucioles une seule fois, pour dire à Karim, que j'arrêtais, que je ne cautionnais pas qu'il vende ces merdes de drogues dures. Évidemment, il m'a traité de tous les noms, il m'a dit qu'il n'en avait rien à foutre de moi. J'ai essayé de le détendre en lui rappelant que l'anagramme de LUCIOLES c'est COUILLES. Alors il s'en est servi me dire que justement *« comme j'en avais pas, j'avais plus rien à foutre dans sa cité »*. Mais je le connaissais mon Karim, et quand il a hurlé *« casse-toi, je veux plus jamais te voir ici »*, il y avait un nœud au fond de sa gorge. Il me laissait filer pour mon bien, et on le savait tous les deux.

Grâce à ce Bac C, le Graal des baccalauréats à la française, Maman et Michel sont fiers de moi, très fiers même. Je fais le malin en racontant que *« l'important, c'est de faire le bon effort au bon moment »* et qu'à aucun moment je n'ai douté de ma réussite. Ils ignorent tout du système d'études supérieures, et vu mon dossier, je n'ai aucune chance de faire une prépa aux concours d'ingénieurs. Trois années de glandage m'ont rattrapé. Et puis de toute façon, là, tout de suite, je pars à Biscarrosse passer l'été au camping avec Huck, Arnaud et Manu. Joss est parti en Espagne en famille. Alors pour ce qui est de la prochaine rentrée, où et quand, pour le moment, je m'en fous royalement.

15 Septembre 1988

On se baigne à la plage du Petit-Nice avec Manu. Pas loin de Biscarrosse où deux mois de folie viennent de s'écouler. Rien de très original à signaler dans l'emploi du temps de cet été à la plage, si ce n'est beaucoup d'intensité. Le temps s'est réparti entre larver sur la plage, jouer dans les grosses vagues de l'océan, mater les filles derrière nos lunettes de soleil, écouter les Clash et The Cure, et boire des bières.

Nous avons passé nos premières nuits dans la boite en vogue, le Safi, sympathisé avec les videurs pour rentrer à l'œil, et pogoté sur la Mano Negra et les Sex Pistols. Pas mal de joints ont tourné aussi et mes connaissances en la matière n'ont pas manqué de surprendre. Et bien sûr, la drague de jeunes et belles touristes pour la plupart étrangères nous a beaucoup occupés. Et ça a si bien marché qu'il y a eu deux ou trois embouteillages dans notre tente. Plutôt que demander *« Willst du mit mir schlafen »*, on préférait agir. Mais la promiscuité avec d'autres couples dans la même tente ne me convient pas trop. J'ai découvert que j'avais besoin d'intimité et aussi que le sexe pouvait avoir un côté plus doux qu'aux Lucioles. Il faut dire que le manque de confort n'arrange rien.

Puis une rencontre avec des filles venues d'Agen a changé notre rythme : Maelle, Laurence, Valérie et Cécile. Maelle pour moi, Laurence pour Huck, Valérie pour Manu, Cécile pour Arnaud. Logées en vacances dans une maison appartenant aux parents de Laurence, une coquette villa Avenue du Clair de Lune, elles nous y ont convié au bout d'une semaine. Donc bye-bye le camping, bonjour la villa et la dolce Vita avec sexe garanti tous les soirs. En ce qui me concerne, plus que du sexe en fait. Je découvre avec Maelle un besoin de douceur au moins aussi important que ma jouissance physique.

En surfant les vagues, Manu me remémore nos délires. Beaucoup de musique, d'alcool et de nuits blanches et torrides. Pour une fois, il ne me donne pas trop de détails intimes au sujet de Valérie. Je le connais, ça veut dire qu'il la kiffe bien plus qu'il ne veut l'avouer. D'ailleurs, il change de sujet.

— Dis-donc Gab, au fait tu fais quoi à la rentrée ?

— Ben, je n'en sais rien, et toi ?

— En fait, Valérie et ses parents viennent s'installer sur Bordeaux, aux Chartrons. Son père bosse chez AXA, il a un gros poste. Je crois que je vais lui demander un stage longue durée pour voir si ça me plait. Et toi, Gab, t'as vraiment rien de prévu, c'est chaud quand même ?

— J'ai bien pensé à la fac, mais c'est un peu tard pour les inscriptions non ?

— Je ne sais pas. Je vais demander à ma mère, elle bosse au secrétariat de la fac de droit-sciences Eco, elle connait bien le recteur, il va t'arranger le coup.

8

4 Octobre 1988

Et voilà comment je me retrouve pistonné pour entrer en fac sans avoir la moindre idée de ce que je fais là. J'ai étudié les différentes possibilités, avec pour motivation principale de passer mes années universitaires à en faire le moins possible. Et j'ai choisi AES. Administration Économique et Sociales. C'est un mix de Droit et de Sciences Eco. Je ne devrais pas trop avoir à me fouler. Le taux de réussite est assez élevé. En plus, Arnaud a choisi la fac de droit et sa proximité me rassure. Il est le seul qui reste physiquement proche de moi. Manu bosse chez AXA, Huck est parti à Montpellier, et Joss fait des études d'optique à Paris. Je sens bien que ce nouveau chapitre de nos vies risque de nous éloigner.

Je m'apprête à rentrer dans l'amphi Aula Magna, quand une grosse main velue m'en empêche soudain.

— Dis-donc Salvio, ce n'est pas ici que tu dois effectuer ta rentrée.

C'est Mr Delfaud, le recteur qui m'a pistonné. Il a une carrure de rugbyman, des grosses lunettes en écailles, et on ne doit pas souvent lui dire non.

— Tu ne crois quand même pas qu'avec ton Bac C, tu vas aller glander en AES ?

Ben, même si je ne peux pas lui dire comme ça, si c'était exactement cela l'idée.

— Alors écoute, j'ai vu ton dossier, tu es un petit branleur qui a des capacités, c'est pour ça que je suis intervenu. Allez suis-moi, on va à l'amphi principal. Tu vas faire un DEUG de Sciences-Eco cette année et l'année suivante. Et vu ce que je fais pour toi, il vaut mieux que tu ne me déçoives pas.

D'un côté ça me saoule qu'on décide pour moi, d'un autre, ça m'est égal, et de toute façon, manifestement je n'ai pas le choix. Il me laisse donc devant mon nouvel amphi de référence, celui des Sciences Économiques et Sociales. Je ne connais strictement personne parmi les six cents étudiants massés sur les bancs et les escaliers. La plupart d'entre eux vient probablement d'ailleurs, vivent en cité U alors que moi, je suis encore chez mes parents. Nous apprenons qu'à l'issue des examens de juin prochain, seule la moitié d'entre nous passera en deuxième année de DEUG.

La formule est simple. Quatre matières principales à l'écrit : maths, statistiques, micro-économie et macro-économie. Si on obtient la moyenne sur ce module, on passe les autres matières à l'oral. Je souris. Mon plan de branleur vient de reprendre des couleurs. Je sais déjà que je ne vais pas apprendre grand-chose en économie, et que ça va passer grâce aux maths et aux stats. Pour le reste, pas besoin d'aller suivre les cours en amphi, ma mémoire photographiera les cours polycopiés.

Ragaillardi par cette journée d'introduction, je m'éclipse dès la fin de la présentation. Je dois retrouver Manu pour aller au stade et il est déjà 18h30. À l'arrêt de bus de la ligne F qui doit m'emmener vers ma deuxième maison et ma tribu, il y a une cigarette allumée au bout des doigts très fins d'une brune ultra-canon. Elle a l'air un poil plus âgé que moi. Elle me fait un peu penser à Pat Benatar, et son look assez rock n'roll ne fait que renforcer ce premier feeling. Ses yeux noirs se plantent dans les miens sans détour et, entre deux tafs, elle m'interroge :

— Toi aussi c'est ton jour de rentrée ?

— Ouais, on m'a mis en Sciences Eco, au milieu d'un milliard de gens que je ne connais pas.

— Bienvenue au Club. Moi aussi je suis en Eco, et je ne connais personne. À part toi now. Tu t'appelles comment ?

— Gabriel. Mes potes m'appellent Gab. Toi ?

— Annabelle.

Le F arrive et on s'installe ensemble à l'arrière. Je me sens presque comme une proie qu'elle jauge et je ne trouve pas ça désagréable. Elle aime le rap et le rock alternatif. Après vingt minutes de discussion musicale teintée de flirt, le bus arrive près du stade sur les boulevards et un peu à contrecœur, je lui signifie que je dois descendre.Elle me détaille une dernière fois de haut en bas et me tend un genre de flyer bleu pâle.

— Quand t'auras fini de regarder courir des mecs en short avec des beaufs qui hurlent autour, viens faire un tour si t'as rien de mieux à faire.

Le F s'éloigne pendant que je détaille le flyer. L'info à retenir, c'est que ce soir à 23h, au Performance, 6 rue Ramonet, il y a Kid Pharaon en concert, avec les Wet Furs en première partie. Le match se passe sans encombre, mes Girondins mènent vite 2-0, et de toute façon je pense surtout à Pat Benatar. Victoire en poche, bus direction les Chartrons. Comme le Performance est juste à côté de chez Valérie où il dort de plus en plus souvent, Manu accepte de m'accompagner. Le concert vient juste de débuter et on s'approche de la scène. Manu s'intéresse à tout ce qui bouge, surtout aux seins, et encore plus lorsqu'il y en a huit qui s'affolent sur scène.

— Putain, elle est méga-bonne la chanteuse !

Je suis éberlué. C'est Annabelle sur scène, elle se déchaine, le son est bon, et sa voix déchire l'espace.

— Ouais, elle s'appelle Annabelle.

Mine de rien, tranquille, comme ça, avec un petit sourire.

Manu me regarde, médusé. Encore plus quand à la fin de six morceaux vraiment pas mal, elle s'approche :

— Alors les beaufs, vous avez gagné ce soir ?

On se boit une bière et Manu nous laisse en prétextant que Valérie l'attend.

— Bon l'artiste, faut que je dise au revoir à mes copines. Après on va chez moi ou on va chez moi ?

Elle n'a vraiment pas froid aux yeux. Ça tombe bien, moi non plus. Mon éducation dure trois mois. Trois mois durant lesquels j'apprends ce qu'est vraiment le corps d'une femme. Elle aime jouir et faire jouir, et moi, je suis son jouet. Sous sa direction, j'expérimente des territoires inconnus. Elle est ma Pygmalionne.

L'année universitaire se déroule selon le plan prévu. Un peu de présence aux TD obligatoires, beaucoup de photocopies. Cette année, Noel a une saveur particulière, parce qu'avec Michel et maman nous venons juste de déménager. Mon univers a changé. Ma nouvelle ville s'appelle Gradignan, une jolie banlieue très verte et très écolo. Je me réveille au quotidien dans un lit double au milieu d'une vaste chambre blanche, mon lieu favori de cette maison immense, bâtie sur un terrain de cinq mille mètres carrés. Un territoire où se disputent seulement le calme, la verdure et les grands chênes. Michel et maman m'offrent une mobylette pour Noel. J'ai choisi un 103 SP jaune et bleu, selle Chopper et guidon torsadé. Ça manque un peu de goût mais ça en jette.

Je décide de passer chez Annabelle par surprise. Je laisse ma pétrolette au bout de la rue Camille Godard. Annabelle n'habite pas loin, Cité du Grand Parc. Je sais que ça craint un peu, et je préfère laisser le 103 à l'abri.

— T'es qui toi ? Moi, je m'appelle Clélie.

Je viens juste de sonner à la porte et un petit bout de chou rose, avec des couettes brunes, croise les bras devant moi. Elle a l'air d'avoir environ 3 ans.

— Hein, t'es qui ? Maman, y a un monsieur qui est là pour toi.

Annabelle apparait. Elle a le teint blafard, la bouche déformée par la surprise et ses yeux m'interrogent. Elle me semble soudain beaucoup moins attirante avec son peignoir vert délavé et ses mules trouées. Mon cerveau n'arrive pas à accepter l'évidence. Pendant trois mois, elle a juste oublié de mentionner ce détail, ce détail rose qui s'appelle Clélie. Rien ne m'oblige à me justifier, et pourtant je culpabilise. C'est vraiment dégueulasse de ne m'avoir rien dit. Mais d'où elle a une fille ? Elle a voulu me piéger ou quoi ? Quelle menteuse, quelle sale mère. Faut que je me casse vite d'ici.

— Je me suis trompé d'étage Clélie, pardon.

Je disparais, sans me retourner, aussi vite que possible. Je ne suis pas équipé pour faire face à cette situation inédite. Et surtout je n'en ai aucune envie. Je préfère ma liberté à toute forme de responsabilité.

9

22 Septembre 1990

Je pars de Gradignan avec mon 103. C'est mon jour de rentrée en Licence de Sciences Eco. J'ai eu mon DEUG en deux ans les doigts dans le nez sans avoir fourni un très gros effort en dehors des photocopies. J'ai passé un été assez morne et pendant l'année je n'ai pas assez vu mes copains d'enfance. Manu fait l'École d'Officiers de Réserve de l'Armée Française à Évreux, et à la rentrée il intègre MSG à la fac de Caen. Arnaud bosse comme un fou et, en plus de la fac de droit, il va faire Sciences Po Bordeaux. Joss vit toujours à Paris, et Huck continue à Montpellier. Nous avons réussi à passer trois jours à Biscarrosse tous ensemble, mais c'est tout et c'est trop peu.

À la fac, je me suis fait de nouveaux amis étudiants venus d'horizons différents, en particulier Thomas qui a grandi en Dordogne comme moi et Stéphane qui arrive de Côte-d'Ivoire. Tout le monde l'appelle Mike, à cause de son cou à la Mike Tyson. Les dix-huit derniers mois nous ont rapproché grâce au sport universitaire, aux sorties et à la préparation commune des examens. Mike et Thomas ne sont pas eux non plus des bourreaux de travail, mais seule l'efficacité et le résultat comptent.

Pour cette rentrée de Licence, nous sommes assis tous les trois côte-à-côte dans l'amphi pour le premier cours de Finance Internationale de notre vie, cours que va dispenser un certain Marc Bertonèche. Il arrive en boitant. Le voir handicapé ainsi me pousse à imaginer qu'il a été victime d'un chauffard. Je n'arrive pas à oublier le fumier qui a laissé Michel quasi-mort dans le fossé il y a cinq ans. Rien que d'y penser me révolte et me fait enrager. Tous ces barjots lâches méritent tous de crever. Une bonne vengeance cruelle, à petits feux, à la Dantès.

Bertonèche se présente. Assez imposant, costume impeccable, grosse moustache. Il attaque.

— Hier, j'ai fait un saut au garage près de chez moi, avec l'intention d'acheter une voiture d'occasion. J'ai choisi celle sur laquelle il y avait le plus gros rabais. Et au lieu de la payer 13000 balles, ça m'a couté 10 000. Je suis rentré chez moi, tout content pour le raconter à ma femme. En arrivant, je lui ai donné tous les détails et je n'ai pas eu la réaction escomptée. Ma femme est comptable, moi je suis financier. Elle m'a répondu que je n'avais pas économisé 3000 balles mais que j'en avais dépensé 10 000. Bien, maintenant vous avez saisi la différence entre la comptabilité et la finance.

Boum. Il a fait mouche. Il m'a touché, il a capté mon attention. Je décide sur le champ de ne pas manquer une miette de ses cours. Bonne inspiration. Il nous fait découvrir un monde nouveau. Il porte un regard aiguisé sur la Finance moderne internationale, qu'il s'agisse de flux, de devises, de matières premières, ou encore de produits plus ou moins complexes. Bertonèche explique, il démystifie quand c'est nécessaire, bref il me passionne. Même quand on aborde des sujets aux aspects légèrement comptables, il les rend divertissants. Pourtant la Balance des Paiements ou la Balance commerciale n'ont rien d'hyper-sexy de prime abord. Il excelle aussi dans la description des marchés financiers, des divers produits et de leurs mécanismes.

En marge de ses cours, de nombreuses soirées étudiantes nous accueillent et parfois, ça part dans tous les sens. Notre grande chance, c'est que Mike a cette année un tout nouvel appartement en plein centre de Bordeaux, rue du Parlement Sainte Catherine, avec trois chambres et donc trois lits. Et le moins qu'on puisse dire, c'est qu'ils sont malmenés assez souvent. Quasiment tous les jeudis, il y a des feux d'artifice de fusées d'allégresse dans les plumards. Beaucoup de nuits débridées, beaucoup de sexe, beaucoup de partenaires. Ces jeudis soir nous permettent de relâcher un peu la pression. Cette année, les matières requièrent beaucoup plus d'attention et de travail. Quelques-uns de nos profs sont vraiment des cadors et ils ne font aucun cadeau. En fin d'année, seulement 40% d'entre nous passeront en maitrise, c'est l'année couperet.

Donc, je bosse comme jamais je ne l'aurai imaginé en arrivant à la fac. Je m'investis beaucoup et cette motivation accapare la majeure partie de mon temps au détriment du foot. Mes Girondins adorés doivent dorénavant se méfier de l'OM qui cartonne depuis l'arrivée de Bernard Tapie à Marseille. Lui, je sens qu'il est prêt à gagner par tous les moyens. Comme nous l'a d'ailleurs appris le prof d'anglais, It takes one to know one. J'ai vingt ans, et je me découvre une volonté aiguë de réussir et de gagner de l'argent.

Moi aussi, je viens de loin et moi aussi je peux y arriver.

15 Mai 1991

L'examen écrit de Finance Internationale tombe pile le jour de mes 21 ans. Je me rends au campus de l'université à pied pour me détendre. J'ai l'intime conviction qu'à compter de cette année, il n'y aura plus d'échappatoire. Mon attitude déterminera ma vie. Mon instinct m'incite à forcer ma nature parfois paresseuse et j'ai fait le choix de le suivre. Je sens que cette licence en Sciences Eco a réveillé en moi un sentiment inconnu : l'ambition. J'avais vu une émission de ce nom il y a quelques années, animée par Bernard Tapie. J'avais trouvé ça nul. J'ai bien grandi depuis, et l'empire Tapie aussi.

Tapie m'exaspère parce que c'est Marseille, l'OM, la réussite à tout prix, mais au fond je l'admire. L'autre jour en interview, il a assumé et il a balancé sans complexes qu'il avait une envie féroce de gagner de l'argent, beaucoup d'argent. Pour dire ça en France, il faut avoir des grosses Lucioles. Je passais le week-end à La Rochelle avec mamie quand on a vu l'interview. J'ai eu droit à vingt minutes de diatribe sur l'argent sale, le capitalisme des pourris, sa certitude que François Mitterrand était le plus grand Président de la République que la France n'ait jamais connu. Que seul un grand homme vertueux comme lui, à l'éthique irréprochable contrairement à Tapie, pouvait assurer l'avenir de la France. C'est tout juste si elle n'a pas fini sa tirade en disant *« pour les siècles des siècles »*.

Je souris quand même avec tendresse en pensant à mamie au moment où commence la distribution du sujet de Finance Internationale. Je pense que je suis bien préparé à toutes les éventualités mais il y a toujours un degré de chance. Soudain, pour quelques secondes interminables, je suis ultra-tendu jusqu'à la découverte de l'intitulé du sujet : le prix des options. Je n'y crois pas. Je repense au barbu et je rends grâce aux bêtes à bon dieu. Les options. Mon sujet favori, ma fascination.

Je maîtrise vraiment l'aspect théorique des options, ces produits dits « dérivés », aux contours ultra-complexes, que Bertonèche a décortiqué et démystifié pour moi. Il nous a expliqué l'importance des paramètres en apparence barbares que sont delta, gamma, Véga, thêta. Ceux-ci quantifient l'impact des mouvements d'un marché financier sur le prix d'une option. Mais au lieu de nous bassiner avec un jargon incompréhensible, il a utilisé des mots et des notions simples. Par exemple, au lieu d'une formule de maths pour définir le delta, il a juste dit : *« C'est la mesure du changement de prix de l'option lorsque le marché bouge de 1% »*. Alors qu'on a quatre heures à notre disposition, je claque ma dissertation en deux heures. Je relis, je peaufine. Au verso de la dernière page, mû par une superstition stupide, je dessine une coccinelle, quasi-invisible.

Les autres épreuves se déroulent correctement sans plus. Les résultats doivent tomber le 13 juin. La nuit qui précède, Mike et moi n'en menons pas large. Nuit quasi-blanche en perspective chez Mike pour mater sur Canal Plus le Game 5 de la finale NBA entre les Los Angeles Lakers et les Chicago Bulls de notre dieu Michael Jordan.

— Putain, Gab, je le sens pas mon frère.

— Arrête ton char, on mène 3-1, on les tôle ce soir, et c'est plié. Dans deux heures, ça sera le premier sacre de Michael Jordan. Magic Johnson, il n'a plus rien de magique. C'est pour nous ce soir je te dis.

— Je ne te parle pas de ça Gab. Si je ne passe pas le cut demain, mes parents vont être fous. Je risque de repartir à Abidjan. T'imagines la honte ?

— Voilà ce qu'on va se dire. Si on gagne cette nuit, si on voit Michael avec le trophée dans les mains, ça veut dire que demain ça passe pour nous deux.

Ça y est, je suis devenu superstitieux. Il sourit tellement mon parallèle est débile.

Débile peut-être. Mais non seulement les Bulls gagnent, mais en plus, nous passons tous les deux haut la main en maitrise de Sciences-Eco. Bulls, il n'y a pas d'anagramme en anglais que je sache. Bulls signifie Taureaux. Comme mon signe astral. Mais comme nous l'a dit Bertonèche, c'est surtout le nom qu'on donne aux spéculateurs à la hausse sur les marchés financiers, l'emblème des optimistes.

10

20 Août 1992.

Quatorze mois ont passé. L'année de maîtrise de Sciences-Eco s'est avérée une formalité en comparaison de la licence. J'en ai profité pour approfondir mes connaissances sur les produits dérivés en parallèle de nos cours. Je m'amuse à imaginer la vie réelle peuplée de produits optionnels. Du style : *« vous allez toucher 300 000 francs dans un an. L'appartement que vous visez coûte 280 000 francs aujourd'hui. Combien êtes-vous prêts à débourser de prime aujourd'hui pour avoir le droit de toujours acheter ce même appartement 280000 francs dans un an même si l'immobilier est monté ?* » Ce droit d'achat s'appelle un call dans le monde des marchés d'options, et ça serait vraiment pratique dans la vie réelle. Je m'intéresse aussi aux dernières innovations sur les options. Elle se complexifient à vitesse grand V. On théorise désormais sur la deuxième génération d'options à venir. Des options auxquelles on attache des conditions.

D'autre part, les fusées d'allégresse des jeudi soir n'ont pas faibli en nombre ni en intensité. La réputation des jeudis soir au 14 rue du Parlement Sainte Catherine atteint des sommets. The Place to Be. De la musique festive et quelques jeux d'alcools bien organisés garantissent une nuit chaude et des dénouements charnels. Durant les mois écoulés, nous nous sommes plus intéressés à ça qu'au climat social. Pour calmer les braises qui couvent dans les banlieues des grandes villes, notre soi-disant Meilleur

Président de la République pour les siècles des siècles a appelé à la rescousse un sauveur issu du peuple, un honnête citoyen qui incarne le succès. Tapie *himself.* Je n'ai pas manqué d'appeler mamie le jour même pour me moquer gentiment. Elle a moyennement apprécié, mais le 23 Mai, elle s'est vengée quand Mitterrand a viré son éphémère Ministre de la Ville pour abus de bien sociaux. Les bons, les méchants, l'argent sale. Ce genre de vision manichéenne de la société, qui plus est avec des œillères, commence vraiment à m'agacer. Maman aussi a grandi dans une ambiance socialo-communiste. Elle est fière de son éducation, mais au moins, nos galères passées l'ont rendue plus pragmatique qu'idéologique.

D'ailleurs, en ce mois d'août éreintant de chaleur, je suis au Cap-Ferret pour une semaine chez un couple d'amis de Michel et maman. Josette et Alexandre nous gâtent vraiment pour ce repas dominical. Je ne me lasse pas de déguster des tonnes d'huîtres numéro 3 de chez Boulan, le meilleur ostréiculteur du Ferret, et le plus cher forcément.

On sonne à la porte. L'invitée surprise a 23 ans, elle est blonde aux yeux bleus, 1m 70, souriante, cheveux courts, nez légèrement retroussé, vraiment ma came. Elle est venue prendre un café et doit rentrer sur Bordeaux dans la foulée. Sans hésiter, je profite de l'occasion pour me faire ramener à Gradignan. On discute à bâtons rompus dans la voiture. Elle a fait la fac d'anglais, pas mal voyagé en Angleterre et aux Etats-Unis. Elle est charmante et s'intéresse à moi. Je lui raconte que je pars passer un mois en Côte-d'Ivoire, on échange nos numéros de téléphone et j'obtiens son adresse en lui promettant une carte postale. Elle s'appelle Isabelle.

Le lendemain, c'est le grand départ pour la Côte-d'Ivoire, où m'attend Mike de pied ferme. Mais avant de prendre l'avion pour Abidjan, une épreuve m'attend. Mamie n'arrête pas de me demander depuis longtemps d'appeler mon père. Alors, dans l'espoir d'effacer ces années d'éloignement, je l'ai fait. Enthousiaste, il m'a promis une soirée mémorable. J'arrive à Montparnasse en trois heures à peine grâce au tout nouveau TGV Atlantique. Je dois retrouver mon père sur son lieu de travail, un labo de photo situé dans le 17eme arrondissement, rue Cardinet. Il fait une chaleur accablante sur la capitale, ma valise pèse trois tonnes et les transports en commun m'insupportent. Ça n'aide vraiment pas à soulager mon appréhension. Je ne suis plus le même gamin qu'il y a huit ans, beaucoup d'eau a coulé sous les ponts comme on dit, mais une question m'obsède : Et lui mon père, a-t-il changé ?

À mon arrivée au laboratoire Balkar, une réceptionniste à la mine et aux cheveux maussades m'accueille. L'endroit me semble très calme, et j'ai l'intuition que mon père n'est pas dans les parages. Rita, comme l'indique son badge, m'annonce que Jean-Lou déjeune dans un bar-brasserie voisin, et que ça dure plus longtemps que prévu. J'essaie d'ignorer ce premier petit couac en espérant que ma déception ne sera que passagère. Je consulte ma Swatch jaune et bleue comme mon 103 SP. Il est déjà 17h40, alerte rouge dans mon for intérieur.

Je franchis la porte du bar, le Sully. Des rires gras et des hurlements ridicules traduisent la surexcitation générale qui règne dans ce troquet. Une bande d'une quinzaine de poivrots encercle deux hommes obèses, torses nus, qui simulent un combat de sumo, mais sans les mains. L'assistance se délecte de ses deux gros lards qui se donnent des coups de bide à tour de rôle. Les deux lamentables protagonistes de cette mascarade sont les caricatures d'acteurs d'un très mauvais film. À gauche, un chauve barbu de deux mètres, à la peau fripée et métissée. À droite, non… Non, ce n'est pas possible. Ça ne peut pas être lui. Si, c'est lui.

Ivre mort, le déchet à droite, c'est bien mon père : un beauf voûté, grisonnant et sans dentier. Son oreille gauche saigne.Tout à coup, mes jambes pèsent dix tonnes, le haut de mon corps se fragmente. Je serre mes dents, je bouche mes oreilles, et je ferme les yeux. Je veux être muet, sourd et aveugle. Ce moment n'existe pas. Et pourtant il dure. Mû par la colère, je jaillis avec fracas au milieu de ce ring virtuel. Les poivrots comprennent que la fête est finie. Le métis s'écarte. Je suis debout face à mon père, les bras croisés, et je le toise du haut de mon mètre quatre-vingts.

« C'est toi mon fils ? » sont les mots qui jaillissent de sa bouche fétide. J'hallucine. Il a prononcé ces syllabes avec fierté, il s'approprie la paternité de celui que je suis devenu. Il efface une ardoise de vingt-deux ans en cinq syllabes et un sourire dévastateur.

Quel fumier. Ma fureur silencieuse efface ma honte d'être affilié à ce triste personnage. J'ai envie de le planter là, pour toujours. Pourtant je reste immobile, incapable de fuir.

Il enfile son dentier et sa chemise crade en un éclair, comme si de rien n'était. On sort. J'ai l'impression d'être hors de mon corps. Je ne sais pas ce que je ressens. Je hais cet étranger mais que je le veuille ou non, ça reste mon père. Comment puis-je ignorer la scène surréaliste à laquelle je viens d'assister ? Je m'observe en train de marcher à côté de lui vers le labo devant lequel est toujours garée la même moto Yamaha noire qu'auparavant. Il sort une clé de sa poche et me désigne l'engin du menton.

– Allez viens fiston, on va faire un tour avant d'aller becqueter.

– Mais papa, tu ne vas pas conduire dans cet état quand même ?

En une fraction de seconde, il se jette sur moi. Les paumes sales de ce salaud me serrent le cou.

– Pour qui tu te prends petite enflure pour me faire la

morale ? Tu donnes des ordres à ton père maintenant, hein, c'est ça ?

Il me secoue, j'étouffe à moitié. L'irruption sur notre trottoir de Rita la réceptionniste redonne à mon géniteur un semblant de lucidité. Il relâche son étreinte. Je respire un grand coup. Rita me fait signe de la suivre. Sans un mot, mais avec un petit sourire de pitié, ma sauveuse me rend la valise que je lui avais confiée un peu plus tôt dans la journée. Le temps de la récupérer, mon père a réussi à redresser sa bécane et à la démarrer. La tête basse, les yeux faussement larmoyants et avec une voix vraiment pathétique, il tente un lamentable :

— Gabriel, on ne va pas diner ensemble, tu t'en vas alors ?

Ne pas se retourner. Surtout ne pas se retourner. Ne pas céder. Je hèle un taxi qui passe par là.

— 5, rue Gay Lussac, s'il vous plait.

C'est l'adresse parisienne de Mike, et je sais qu'il y a toujours des gens de sa famille qui s'y relaient. J'arrive à destination. À peine ouvre-t-elle la porte qu'Evelyne, la grande sœur de Mike, me prend dans ses bras. Je dois faire peur à voir tellement elle peine à masquer son inquiétude.

J'arrive à sourire entre deux larmes. Tout en tentant de me réconforter du mieux qu'elle le peut, elle s'affaire dans la cuisine. Elle me tend de l'aloco, une sorte de banane douce marinée dans l'huile Elle mijote aussi un plat qui regorge d'épices et de couleurs chatoyantes. J'y décèle du poulet mariné dans des citrons verts et jaunes, des piments, un genre de couscous blanc qu'elle appelle attiéké, et soudain un milliard d'effluves nous envahissent. Ça fleure bon l'Afrique, et ça a l'air succulent. Une fois ce festin dans les assiettes et nos verres emplis de chablis, elle annonce :

— Et ce soir, pour notre invité très spécial, Mr Gabriel Salvio, en direct d'Abidjan sur Seine, Poulet Yassa à la

Evelyne.

Ce soir, je sais que je ne vomirais pas. Je ne veux plus jamais vomir à cause de lui.

La Côte-d'Ivoire me bouleverse. Conduits par Kouassi, le chauffeur de la famille de Mike, nous entamons un périple enchanteur. Je découvre les dangers de Grand Bassam où la baignade ne s'effectue que vraiment au bord. Ici les vagues et les courants sont bien plus menaçants et dévastateurs qu'à Biscarrosse. Mike organise un détour par Yamoussoukro la capitale administrative où « le vieux crocodile », Felix Houphouët-Boigny, le président de la Côte-d'Ivoire, s'est fait ériger une cathédrale ahurissante de luxe et de beauté. Cet édifice mégalomane renferme tous les bois, tous les marbres, et tous les ors du monde.

Et ceci à quelques encablures d'un bidonville bien moins glamour. Une nuée de gamins joue dans la rue avec une balle en chiffons au milieu de flaques, de pneus crevés et de maigres chats sauvages. La pluie est rare ici, alors lorsqu'elle tombe, les taudis en tôle résistent mal. Ils ressemblent à des poulaillers géants. Les enfants rient pourtant. Mike est embarrassé et nous filons. Notre voyage continue par Man et par la frontière commune avec le Liberia. Pour quelques francs CFA, on dîne comme des rois dans des maquis délicieux. Je goûte tout avec une frénésie gourmande même si rien n'égale le poulet Yassa à la Evelyne.

Ici, moi, le toubabou blanc, je m'appelle Kouame, en référence à mon jour de naissance, un vendredi. J'aime bien ce surnom. Pendant nos trajets, Mike m'explique en détails comment fonctionne l'économie de la Côte-d'Ivoire et la dépendance aux cours du café et du cacao sur les places financières internationales.

Près de San Pedro, nos tribulations nous amènent au cœur d'un village de pêcheurs qui semble surgi d'un lointain passé. Les gars pêchent les langoustes à la main depuis leurs embarcations de fortune. S'ensuit un barbecue sur la plage où les langoustes et les poissons juste attrapés ne font pas long feu, au milieu des sauces, des épices, de l'attiéké, et des mangues. Ces instants achèvent de m'émerveiller. Je suis amoureux de la Côte-d'Ivoire.

Quant à Kouassi notre chauffeur, il ne chôme pas et justifie pleinement son surnom de « pied de fonte » tellement il roule vite. Il stresse. Il faut vite rentrer sur Abidjan car demain nous devons assister à la demi-finale de Coupe d'Afrique des Clubs entre l'ASEC Abidjan et les Ghanéens de l'Ashanti Kotoko. Le stade d'Abidjan ne ressemble que de très loin au Parc Lescure chers à mes Girondins. Quatre-vingt mille personnes s'entassent depuis le matin dans un stade construit pour en contenir la moitié. Il fait quarante degrés et l'enceinte bondée explose de couleurs vives et de musique. Le résultat devrait m'importer moins que quand Bordeaux joue mais je me laisse emporter par la passion de tout un peuple.

La foule vibre jusqu'au coup de sifflet final au rythme des retournements de situation de ce match endiablé. L'ASEC s'incline finalement 2-3. Même la déception de la défaite d'aujourd'hui ne suffit pas à entamer la profonde joie de vivre des abidjanais. Il y aura un match retour au Ghana dans dix jours, et tout le monde est convaincu qu'avec l'aide des marabouts et des dieux du foot africain, l'ASEC Abidjan se qualifiera pour la finale. Je souris en regardant Mike. Il est fier et heureux de me faire découvrir son pays, son peuple, et ses croyances. Son peuple croit profondément à l'espoir et aux barbus dans le ciel. Je crois que moi aussi je commence à adhérer.

Après trois semaines de découvertes et de frissons chauds, je ne ferme pas l'œil de la nuit dans l'avion du retour. J'ai autour du cou une chaine en or, et une poupée

Ashanti en or elle aussi. La veille au soir, devant mon lit jonché de cadeaux de départ, la mère de Mike m'a demandé de clore mes paupières. Elle a doucement refermé le collier sur ma nuque et m'a expliqué que ce symbole de fécondité me protègerait de tous les maux. On ne m'a jamais offert un tel présent. Pour eux, l'offrir signifie que je fais partie de leurs proches, que je compte autant qu'un membre de la famille. Et que je peux compter sur eux. Je n'ai pas pu me retenir. Un torrent de larmes a brisé un barrage de défense profondément enfoui en moi. Eux ne m'abandonneront pas. Dans ce vol de nuit, je triture ma poupée en or parce que oui, j'accepte leur protection et, oui, je souhaite ardemment le bonheur.

À peine remis de mes émotions africaines, tout s'enchaine très vite dès mon retour. Bertonèche m'appelle personnellement pour me confirmer mon admission au DESS de Banque et Finance Internationale qu'il préside à Bordeaux. Il a adoré mon mémoire de maîtrise sur l'endettement aux Etats-Unis. Je me réjouis d'avance à l'idée de pouvoir profiter de son enseignement une année supplémentaire, d'autant que le bruit court sur le campus que mon mentor est sollicité par la prestigieuse université d'Harvard aux Etats-Unis.

Un obstacle inattendu surgit dans la foulée. Je suis convoqué à Limoges pour les fameux « trois jours » préalables au service militaire. Si je n'y échappe pas, je perds un an. Ces trois jours durent en fait quelques heures émaillées de tests divers. Je me rends compte du niveau d'illettrisme de mon pays. J'hallucine lorsque pour les premiers tests écrits de la journée, un tiers de la salle demande une assistance pour lire ou écrire.

Le tableau n'est guère réjouissant, j'aimerai pouvoir contribuer à l'améliorer au sein de l'armée, mais j'ai d'autres priorités. Je ne peux pas rester ici. Ne pas faire ce

DESS serait une catastrophe pour mes ambitions futures. Cette menace m'angoisse et je compte bien sur ma visite médicale pour m'exonérer de cette corvée militaire. Et comme espéré, j'échappe à dix mois de galère inutile grâce à la cécité de mon œil gauche. Pour une fois que ça me sert à quelque chose…

Durant quelques jours, j'envisage de me prendre un appart pas loin de chez Mike mais le budget nécessaire me fait reculer. En plus, je n'ai pas vraiment de temps à perdre avec les visites. Isabelle n'a jamais reçu la carte postale promise que j'ai pourtant soigneusement envoyée d'Abidjan mais elle m'a quand même contacté. Pour valider son Diplôme Universitaire, elle doit rendre son mémoire sur les Indiens Navajos et a besoin de quelqu'un pour le lui taper à l'ordinateur.Ma dextérité sur clavier reste à démontrer, mais j'accepte évidemment sur le champ, pour des motifs qui, je dois bien me l'avouer, n'ont rien de dactylographiques.

Elle me raconte ses quelques mois passés à l'Ouest des Etats-Unis, décrit la beauté des paysages, la diversité des contrées et des autochtones, et aussi la tristesse éprouvée au contact de la vie moderne des Indiens et de leur réserve. Elle a rencontré Tony Hillerman et a même réalisé une interview poignante de cet écrivain hors normes, gardien de la mémoire des anciennes tribus et de leurs coutumes.

Elle me montre aussi la photo incroyable d'elle, prise dans cet endroit qu'on appelle Four Corners, le point unique où se rencontrent quatre États limitrophes. Ce cliché la dévoile dans un petit short en jean, un T-shirt rose bonbon, et un grand sourire étincelant, avec simultanément une main en Arizona, l'autre au Colorado, un pied au Nouveau-Mexique et l'autre en Utah. Les jours de dactylo passent, Isabelle se rapproche de plus en plus de moi. Je dois faire un choix. Continuer les galipettes du jeudi chez Mike ou me consacrer à elle. Lorsqu' arrive le moment fatidique du premier baiser, je sais déjà que la semaine prochaine, je ne verrai pas mon frère ivoirien.

Le contenu du DESS Banque et Finance Internationale me déçoit. Bertonèche voyage la plupart du temps et les intervenants se révèlent bien peu passionnants à une ou deux exceptions près. Les stages de fin d'études proposés ne me satisfont pas. Grâce à l'intervention du père d'Isabelle, cadre supérieur à la Société Générale, j'en décroche un au mois de février au sein du département de recherches d'études économiques situé Boulevard Haussmann dans le 9eme arrondissement de Paris. C'est l'occasion de retrouver Joss qui m'héberge dans son appart près de Montparnasse. Durant mon stage, je me vois confiée la mission d'analyser l'évolution des cours sur les marchés du café et du cacao, et si possible d'anticiper leur évolution future.L'ambiance feutrée des couloirs m'exaspère. Cet univers aseptisé d'autosatisfaction permanente me convainc que je suis fait pour autre chose.

Je m'en ouvre à Bertonèche qui m'aiguille vers une formation complémentaire d'un an. Les Grandes Écoles de Commerce viennent d'ouvrir des Mastères. Après tout, je ne perds rien à postuler à l'ESSEC ou à HEC. Isabelle m'y encourage, je me motive et j'envoie ma candidature.

11

21 Juin 1993

Mon stage s'achève enfin. J'ai la conviction que mon chargé de stage se fout complètement de mes savantes prédictions sur les marchés du café et du cacao. Il préfère connaitre mon opinion sur *« cette ordure Bernard Tapie »* et le scandale Valenciennes/OM. Au sein d'une des plus grandes banques françaises, le courant de pensées qui prévaut dans mon département de recherches, c'est que *« tout le fric de ce petit chanteur raté, ça pue »* et que *« de toute façon, la seule raison pour laquelle l'OM a gagné la Coupe d'Europe, c'est que Tapie a acheté la finale »*. La jalousie, la méchanceté gratuite, les clichés, le rejet du succès, tout ce que j'exècre.

Cette finale, je l'ai vue le 26 mai avec ma bande. D'un côté les cocardiers qui supportent Marseille. De l'autre, dont je fais partie, les anti-OM fermes défenseurs de la rivalité de clocher avec Bordeaux. En marge des blagues et des argumentations footballistiques plus ou moins honnêtes, nous sommes heureux de nous retrouver. Manu sait déjà qu'il part en Mastère à Coventry en Angleterre en septembre, dans l'université jumelée avec celle de Caen où il vient de valider sa maitrise de comptabilité. Arnaud continue Sciences Po et se présente au concours de commissaire de police. Huck vient de décrocher son premier job chez Motorola, et Joss envisage de reprendre quelques magasins d'optique en franchise. Nos vies ont divergé depuis l'Allemagne et Naples, et nous chérissons ces trop rares moments passés tous ensemble.

Finalement, Marseille l'a emporté et Tapie a craqué. Il a pleuré en direct à chaudes larmes, des larmes d'une indubitable sincérité.

Mais aujourd'hui, pas question de larmoyer. RER A direction Cergy. Mon dossier de candidature au Mastère de Finance de l'ESSEC a passé le premier tri et j'ai survolé la deuxième épreuve basée sur les tests psychotechniques. Il y avait même un exercice sur les anagrammes. J'ai bien aimé le VOLETER / REVOLTE. Sur mille postulants, je fais partie des cent derniers qui passent l'oral décisif aujourd'hui. Les locaux m'impressionnent par leur modernité et leur clarté, mes concurrents aussi m'intimident. Au détour d'une conversation, j'entends que les pedigrees moyens que j'affronte aujourd'hui sortent de Polytechnique, des Mines ou de l'ESTP. J'apprends encore que le seul DESS de Banque et Finance *« valable »* c'est le 203 de l'Université de Paris-Dauphine. Sans me démonter, je me dessine une petite coccinelle sur le poignet.

Je pénètre dans la salle de mon jury. Il se constitue de trois personnes. Je repense aux Lucioles, « poker face » pour masquer mon anxiété du mieux que je peux. On me demande de me présenter et je m'exécute en omettant évidemment la part d'ombre de mon passé de dealer. Ils ont l'air détendu, je me sens un peu plus relax, mon appréhension initiale s'évanouit peu à peu. Mis en confiance par ces premières minutes, j'ai l'intuition que je dois me lâcher. Je m'approprie l'histoire d'Isabelle et je les emmène chez les Indiens et aux Four Corners. Puis je les transporte manger des langoustes en Côte-d'Ivoire. Il se lèchent presque les babines quand je leur parle de l'Attiéké « *qui est quand même meilleur que le riz Taureau Ailé.* » Je les amuse en leur disant que le seul truc bien dans ce riz dont on nous bassine c'est la musique de la pub. Et je les achève parce que moi, la musique de la pub du Riz Taureau Ailé, je l'ai vue en vrai, quand j'ai entendu chanter la Reine de la Nuit à la Felsenreitschule de Salzbourg. Ils sont sous le charme. Il faut que je me calme. Rien n'est fait, et il faut que je reste sur mes gardes. Oui, l'ESSEC ça me fait rêver, c'est presque le Graal, mais je n'y suis pas encore.

Le gars au centre c'est le Président du jury. Il reprend la main.

— Et si tu devais faire des recherches sur un sujet qui te passionne, tu choisirais quoi comme thème ?

— Les options de deuxième génération.

C'est sorti trop vite. Il ne bronche pas et m'invite à développer. Alors j'expose ma passion pour les produits dérivés, les options de première génération, les « vanilles » comme on dit. Je sens qu'ils connaissent aussi, donc j'aborde ces nouvelles options qui s'appellent « cliquets » ou encore « asiatiques ». Il m'interrompt :

— Mr Gabriel Salvio, est-ce que tu sais qui je suis ?

— Non.

— Je m'appelle Sylvain Ferri, je suis un des plus gros agents de bourse de Paris, mon business principal ce sont les options. Et là, tu me sors un truc que j'ignore complètement. C'est quoi la « deuxième génération » d'options ?

— L'idée c'est que les banques veulent attirer les clients. Donc pour ça, il faut rendre les produits comme les options, moins chères en restant attractives. Donc on rajoute des conditions.

Je leur prends l'exemple d'une assurance de voiture. Si on achète une assurance-voiture, elle coûte x francs. Mais si on vous offre la même assurance à condition de pas rouler plus de 15000 kms par an et de ne pas sortir de France, forcément elle sera moins chère. Je leur explique que les options de deuxième génération c'est pareil. Le profil de risque reste identique, mais puisqu'on met des conditions sur le comportement du marché, elles sont moins chères qu'une « vanille ». Le jury est bluffé, je le sens. Je sors en sachant qu'il faut téléphoner au secrétariat dans deux semaines pour avoir la réponse définitive.

Je n'arrive pas à réfléchir objectivement sur ma performance. Un jour j'y crois, un autre je me résigne. L'attente est insoutenable. Mon instinct me souffle que toute ma vie professionnelle future dépend de leur décision. Le jour J arrive enfin. Je rassemble mes forces, je décroche le combiné du téléphone de la maison pour appeler la Secrétaire, Mme Geman. Pas de tonalité. Je sors de la maison, je m'approche du pylône situé en face de chez nous. Le fil est coupé ! Le service d'entretien de la ville de Gradignan est passé ce matin pour tondre les trottoirs et ils nous ont involontairement privés de communication. J'enfourche mon vieux 103, et sans casque, je file au bourg vers le centre-ville où m'attendent deux cabines téléphoniques. Fébrile, armé seulement de ma pièce de deux francs, j'appelle Cergy.

— Bonjour, pourrais-je parler à Madame Geman s'il vous plait ?

— Elle-même. C'est pour les admissions aux Mastère j'imagine. De quel Mastère s'agit-il ?

— Banque et Finance Internationale madame.

— Quel est votre nom jeune homme ?

— Salvio.

— Attendez un instant je vous prie jeune homme. Banque et Finance, voilà. Salvio, Salvio, Salvio..... Gabriel Salvio, j'ose espérer ?

Boum.

Je lui confirme que oui c'est bien moi. Elle me donne rendez-vous le 28 août à Cergy, à la prestigieuse ESSEC Business School. Mon corps irradie d'une chaleur bienfaisante. Je sais que j'ai déjà gagné. Je repense à Marius et au jambon, à mon bac arraché au rattrapage, à mon passé que j'abandonne ici et maintenant. Je me venge de mon passé. Je pleure de joie toutes les larmes de mon corps.

12

21 Juin 1994

Pendant quasiment un an, je travaille comme jamais auparavant. Tête dans le guidon, détermination sans failles. ESSEC Business School symbolise l'excellence à la française, et dans chaque module du Mastère Finance, nous bénéficions de ce qui se fait de mieux dans l'enseignement supérieur. Qu'il s'agisse de matières économiques, statistiques, mathématiques ou de modélisation, ça plane haut. Mais je m'accroche de toutes mes forces et avec toutes mes capacités. Je n'ai pas pu éviter de contracter un emprunt de soixante-cinq mille francs pour financer mon année, et ma sainte horreur des dettes me motive à outrance.

Avec Isabelle, nous vivons dans un petit appartement vers la Motte Picquet, dans le 15eme. Les jeudis de galipettes chez Mike me semblent bien loin, mais j'ai tiré un trait dessus sans vraiment de remords. J'apprends l'intimité de couple, bien différente de celle du camping de Biscarrosse et ça me convient. Notre lit est spartiate, notre appart deux pièces un peu vétuste, mais je me sens bien avec Isabelle. Je ne suis pas complètement certain de vouloir faire ma vie avec elle. Après tout, nous n'avons pas encore vingt-cinq ans et rien ne presse vraiment.

Mais nous profitons de Paris autant que possible malgré nos petits moyens. Elle s'est beaucoup activée depuis notre arrivée dans la capitale. À force de persévérance, elle a décroché un CDD chez Verbe, une agence de communication du 14eme arrondissement et malgré tout, ce sont un peu les vaches maigres. Budget ultra-serré. Mais on s'en contente, nous sortons peu, en vivant d'eau fraiche et surtout d'amour.

Je l'ai tout de même trainée au Parc des Princes un soir de Novembre. Un match nul suffisait à l'Équipe de France pour se qualifier et Isabelle a passé la soirée à me répéter sans cesse des *« je le sens pas »* annonciateurs d'une catastrophe. La catastrophe a bien eu lieu. À la dernière seconde, un certain Emil Kostadinov nous a crucifiés. Good bye la Coupe du Monde de 1994 aux Etats-Unis, bonjour tristesse. C'est cruel. Cruelle comme la presse bien-pensante d'ailleurs qui en rajoute le lendemain.

Cette même presse en a fait des tonnes toute l'année sur le *« malaise des banlieues »*, ou encore *« l'insécurité dans les quartiers sensibles »*. Elle fait semblant de découvrir un phénomène qui couve depuis longtemps. L'hypocrisie journalistique me hérisse les poils. Le Front National rassemble de plus en plus de suffrages à chaque élection, et Mitterrand laisse faire, rongé par la maladie et la mégalomanie.

La presse vilipende les rappeurs du groupe NTM au lieu d'écouter les messages qu'ils transmettent. Pendant cette année d'études méga-intensive, je découvre les morceaux de Bruno Lopes et Didier Morville, alias Kool Shen et Joey Starr, les deux rappeurs de NTM, des morceaux qui sonnent justes et authentiques. Je sais que Karim aurait aimé les voir en concert avec moi et qu'ensemble nous aurions pu rêver de les approcher. Je le garde pour moi, mais ces deux gars de banlieue me transportent bien plus haut que les daubes commerciales qu'on nous inflige en ce début des années 90.

Après dix mois de sacrifices, le mastère se termine et j'ai donc la certitude d'obtenir un nombre suffisant de modules pour être lauréat. En ce nouveau jour de solstice d'été, je prends un café avec Hervé, un de mes potes de Mastère, très déterminé à devenir trader options. Pour l'occasion, je suis affublé d'une belle chemise blanche et de mon plus beau costard. Le seul d'ailleurs. Je déteste m'habiller comme un pingouin mais là, il le faut. Je suis même allé chez le coiffeur pour l'occasion. Coupe en brosse courte, nette, militaire. Comme les aime Manu.

Un gars de la promotion du mastère de l'année dernière a passé une annonce à l'ESSEC. *« La BNP recherche des jeunes diplômés pour stage de préembauche en trading »*. J'ai décidé de me présenter et de tenter ma chance. Je monte donc deux étages avec Hervé par les escaliers du 3, rue Lafayette, près du Boulevard des Italiens. Immeuble haussmannien, belle hauteur sous plafond, parquets, lambris, le décor m'impressionne. Nous patientons quelques minutes devant une double porte imposante avant qu'un jeune type d'une trentaine d'années ne l'ouvre :

— Salvio, c'est toi ? Allez viens, entre.

Je pénètre dans une salle bourrée d'ordinateurs, de câbles et d'imprimantes, avec de larges fenêtres donnant sur cour. Dans une salle de réunion adjacente m'attendent quatre gaillards, des hommes jeunes et au look décontracté, type jean, chemise blanche et baskets de luxe. Je fais face à eux comme face à un tribunal. J'ai la sensation que l'entretien va se faire sans filtre. Je m'attends à un feu de questions croisées et à quelques tacles assassins. Un petit blond coiffé en brosse et aux lunettes d'argent cerclées lance la première salve.

— Alors comme ça tu veux devenir trader.

— Oui, j'étudie dans cette optique.

— Tu crois qu'étudier ça va suffire ?

— J'imagine qu'il y a un monde entre la théorie et la pratique.

— Tu imagines bien. Sinon, tu fais du sport, genre rugby ?

— Plutôt foot.

— Bien. Le pit de la Bourse, c'est une arène, il faut s'imposer physiquement parfois.

Assis à l'extrémité gauche de la table, un rouquin, assez maigre, sourire carnassier, embraye.

— Bon, tu es sur un circuit automobile. Tu fais un tour à 30km/h et un à 60km/h, c'est quoi ta moyenne ?

Je la connais celle-là. Le piège c'est de répondre une moyenne arithmétique de 45km/h. En fait, la réponse c'est 40, la moyenne harmonique. Je fais semblant de réfléchir deux secondes et je lance :

— Quarante évidemment.

— Ok Einstein. T'as deux ficelles identiques et un briquet. Tu sais que si tu allumes une ficelle à une extrémité, elle brûle précisément en une heure. Avec ton briquet et tes deux ficelles, comment tu fais pour savoir que quarante-cinq minutes se sont écoulées ? Pas de nœuds ou de repliages de ficelle.

Celle-là aussi je maitrise. Je me suis préparé comme un fou et j'ai révisé des centaines de colles de ce style. J'envoie du tac au tac et je tutoie le bellâtre brun aux cheveux gominés qui essaie de me coincer.

— T'allumes la première ficelle aux deux bouts et l'autre à un bout seulement. Après trente minutes, les deux flammes de la première se rejoignent au milieu et la ficelle s'est consumée entièrement. La flamme de la deuxième a fait la moitié du chemin. Là, t'allumes le bout restant de la deuxième ficelle. Au bout d'un quart d'heure, les flammes des deux bouts de la deuxième se rencontrent. Total Quarante-cinq minutes.

Il faut que je me calme. Serein, efficace, mais pas d'arrogance. Surtout ne pas faire le malin avec une blague de scrabble malvenue. Rester humble surtout.

— Gabriel Salvio, dans la vie, t'as de la chance ou pas ?

— Oui, je crois. Je dois même être un peu superstitieux.

Un chauve qui n'a rien dit jusqu'ici intervient :

— On l'est tous ici. Bon, c'est bien. T'es malin, t'as un bon CV, tu ne te laisses pas déstabiliser. Mais il reste quand même une question, la question la plus importante.

— Allez-y.

— Écoute-moi bien Salvio. Est-ce que t'as des couilles ? Des bonnes grosses balloches ? Est-ce que t'as une bonne grosse paire bien accrochée ?

Ne pas reculer. Ne pas refuser la confrontation. Finis le gamin terrorisé, les boucles blondes et la peur de la récréation. Tant pis pour l'arrogance, je me jette.

— Pourquoi ? Faut que je déballe tout là sur la table devant vous ? Vous avez un double mètre ?

Ils échangent des regards. J'ai la sensation qu'ils se retiennent d'éclater de rire. Pendant ce ping-pong verbal, mes années aux Lucioles m'ont bien servi. L'anagramme de Lucioles aussi. Le verdict tombe.

— Bon t'as gagné Salvio. À l'unanimité. Rendez-vous demain matin, 9h, sur les marches du Palais Brongniart. Ne sois pas en retard et surtout n'oublie pas ta grosse paire.

–

Et comme ça, sans que je n'aie jamais eu à envoyer le moindre CV, ils me signent un précontrat. En sortant, je balance un clin d'œil à Hervé, et je dévale l'escalier comme un dingue. Je prends un grand bol d'air pollué. Un chauffard manque de me passer dessus. À croire que les Mercédès sont faites pour écraser les gens. Mais aujourd'hui peu importe. Je sais que derrière moi, dans cet immeuble, au deuxième étage, ça sent la testostérone, la rigolade, et surtout, ça pue le fric. J'adore.

13

22 Juin 1994

9 heures pile. Je découvre le Palais de la Bourse. Personne n'est préparé à cela. Il y a des écrans partout. Je ne connais évidemment personne d'autant qu'Hervé a été recalé à l'entretien. Je porte une veste verte siglée BNP, avec une plaque et un numéro. T 519. À 10h, dès l'ouverture du marché, des mecs sur les nerfs courent dans tous les sens avec des vestes de toutes les couleurs. Je vois des machines où des vestes orange horodatent de mystérieuses petites feuilles à trous, j'entends des vociférations et des disputes. Je devine la présence de caméras un peu partout. Le Palais Brongniart s'agite sans relâche entre les moments où résonne la cloche. 10h pour l'ouverture, 17h30 pour la fermeture. La journée passe en un éclair sous la houlette de mon « senior » comme on dit.

Mon boss se nomme Marc. Il a six ou sept ans de plus que moi, il n'a pas fait l'ESSEC mais c'est un malin. Son rôle consiste à m'apprendre les bases du métier. Nous sommes des market-makers. Je dois tout assimiler très vite. Des courtiers viennent nous demander un prix sur une stratégie options sur n'importe quelle action du CAC 40. Notre but est d'acheter et vendre ces stratégies toute la journée, en prenant de la marge sur le *« fair price, le juste prix »* et en générant des profits. Ce fair price est calculé par un modèle et dépend des fameux paramètres grecs appris en licence : delta, gamma, thêta et Véga. En fait, cette activité, c'est comme aux Lucioles, mais ici c'est légal. Dans cet aquarium de fous, je sens instantanément que j'ai trouvé ma voie. Je me régale, je navigue bien et je progresse vite au fil des semaines.

En plus des options sur actions, ma formation englobe aussi les options sur d'autres sous-jacents comme les taux d'intérêts, ou l'indice phare, l'indice CAC 40. Il faut toujours être en éveil, sur ses gardes, comme aux Lucioles. Les marchés bougent, les courtiers cherchent les meilleurs prix, et les autres market maker ne sont pas partageurs de marge. On m'a donné six mois pour faire un million de francs de profit, mais en réalité, je suis scruté sur ma façon de gérer les positions, que le marché soit favorable ou pas.

Ici, quasiment tout le monde a un surnom. Celui dont mon boss m'a affublé, c'est le Joufflu. Ça ne s'invente pas. Mon boss, Marc, c'est un petit chauve nerveux qui agresse les autres en permanence. Ses têtes de turc se nomment Kamel le Rouquin, Rantanplan, Mousse, Mickey, Babar, Rouquemoutte, la Fiotte, Blondblond, Simplet. J'en découvre un nouveau tous les jours. Les insultes et les quolibets fusent en permanence. Au regard du vocabulaire des boursiers, nous aux Lucioles, nous étions des poètes. Entre les *« fils de péripatéticienne »*, les « *trous du derrière* » et les *« espèce de sale canard* », on baigne dans la culture de haut vol.

Le marché occasionne des défis constants. Entre individus et entre institutions. Il faut en permanence observer tout ce qui se passe pour s'approprier en priorité toutes les informations disponibles. Le langage des signes fait partie intégrante de la vie quotidienne du palais. Il revêt un côté académique et pratique Le nombre de doigts et la position des mains donnent toutes les infos nécessaires à la passation et l'exécution des ordres. Paume vers l'extérieur, je vends. Paume vers l'intérieur j'achète. Tout est très visuel ici. Plus les jours passent, plus je m'habitue aux coutumes étranges de ce microcosme délirant. Tout le pit use de signes parfois très limites pour communiquer le nom des banques impliquées sur un deal. L'index et le majeur posés verticalement sur la bouche en dessous du nez symbolisent une petite moustache hitlérienne et désigne la Deutsche Bank. Si quelqu'un se pince le nez, il simule une odeur de bouse qui indique le Crédit Agricole. L'imitation du salut militaire évoque un Général de la Société du même nom. Un index qui se balade sur l'arête nasale pointe immanquablement vers les origines hébraïques de Goldman Sachs. La finesse quoi.

Chaque journée qui passe amène son flot de prétextes pour parier. Tout le monde parie sur tout mais il y en a un que j'observe avec attention. Un certain Ali. Ali connait tout et tout le monde ici et tout le monde connait son histoire. Il y a cinq ans, Ali bossait dans une Brasserie, le Vaudeville juste en face de Brongniart. Lors d'un déjeuner arrosé, il a pris la commande à rallonge de dix-neuf convives sans rien noter. Pour le mater, tout le monde a changé de place. Sans broncher, Ali les a tous scotchés. Zéro erreur par rapport aux commandes. Rapide, précis, imperméable à la pression, il a bluffé tout le monde. Et illico, par le biais de ce déjeuner, il s'est fait embaucher chez le plus gros courtier du Palais Brongniart.

Il reste encore un an avant les élections présidentielles, et Ali n'arrête pas de fouiner partout. Il essaie d'acheter le score futur de Le Pen et de vendre celui de Balladur. Vu l'écart actuel de quinze points dans les sondages, ça me parait intelligent. Là-dessus, je l'imite. Chaque semaine, je découvre un petit secret de Brongniart. La rumeur prétend que dans le passé certains gars du pit ont réalisé beaucoup d'investissements juteux dans la musique. Ils toucheraient des royalties sur deux tubes énormes : Born to Be Alive de Patrick Hernandez et Chacun fait ce qu'il lui plait de

Chagrin d'Amour. En revanche, il y a aussi des flambeurs qui sont criblés de dettes depuis deux ans. Certains n'ont pas vu venir la victoire du Danemark à l'Euro de football en 1992 et perdu 80 fois leur mise. Il parait que beaucoup de gars du floor doivent encore de l'argent à Ali et à d'autres. Et ici, on respecte sa parole et ses paris. Sinon on est ostracisé et donc mort pour le business. Ou tu COTISERAS ou tu seras OSTRACISE. Tiens, une Anagramme.

Sans m'en rendre vraiment compte, je me suis rapproché d'Ali, il est sympathique. Parfois un peu too much, un peu mytho, mais sympa. Il ne peut pas s'empêcher de toucher à tout et aussi aux combines. En ce moment, son truc, c'est la défiscalisation. D'après lui, on peut économiser pas mal d'impôts en investissant outre-mer.

— Gabriel, mais écoute-moi bordel. Ce truc, c'est cadeau de l'État. On a le droit d'investir dans des pelleteuses, des grues ou encore des bateaux, tout ça pour soutenir l'économie des DOM-TOM. On peut économiser environ 20 % d'impôts. T'aimes ça payer 50% d'impôts toi ?

— Arrête tes salades. Ils ne vont pas nous faire de cadeaux si c'est sans risques. Il y a un loup, c'est certain.

— Moi, je vais faire des quirats bateaux. On est plusieurs sur le coup. Non seulement t'économises les impôts et en plus t'as un bateau de luxe aux Antilles. Si tu veux en croquer, dis-moi.

— Ok, je vais réfléchir Ali.

Je me renseigne donc. En fait il dit vrai, mais il omet un détail crucial : si ça foire, si la boite Outremer où l'on investit coule, ça coûte le double en impôts. Très peu pour moi. J'en apprends donc un peu plus chaque jour et l'instinct acquis aux Lucioles m'aide à faire le tri entre les mythos, les voleurs, les forts, les faibles, et les mecs bien.

Mon boss Marc est un mec bien. Début décembre, il m'annonce mon premier bonus en plus de mon salaire.

12500 francs pour six mois de travail, c'est énorme pour moi. En plus, il m'octroie deux semaines de repos à compter du 15 décembre. C'est la période traditionnelle nommée *« trêve des confiseurs »* et il m'explique que les marchés ne bougent jamais durant cette période.

14

15 Décembre 1994.

Il est 17h32. C'est la quille, deux semaines de vacances m'attendent. Avec Isabelle et surtout en famille. Je sors de Brongniart tout sourire lorsque j'aperçois une grosse BMW aux vitres noires. Mon regard s'est porté dans cette direction parce qu'il y a quelque chose d'inhabituel et mon instinct m'en a alerté. Adossé à la bête de course aux vitres teintées garée à quelques mètres, je distingue un homme élégant, assez grand et élancé. Il doit avoir un peu plus de quarante ans. Les tempes à peine grisonnantes, il porte une fine moustache bien dessinée, des Berlutti noires parfaitement cirées, et son poignet s'orne de ce que je devine être une Audemars Piguet. La même qu'Ali. Surtout ses yeux noir brillant n'ont qu'une seule cible : moi. D'un geste simple et sans équivoque, il m'invite à m'approcher de lui. Je m'exécute.

— Bonjour Gabriel. Gabriel Comlarchange c'est bien cela n'est-ce pas ? Je m'appelle Enrique. Enrique Morales. Je suis le grand frère de Paquita.

C'est une déflagration. Alors que je fais tout pour oublier mon passé, il m'explose au visage à l'improviste. Les deux gros bras qui accompagnent Morales m'installent dans la BMW et je ne résiste pas. L'ambiance est lourde mais je n'ai pas peur. Je n'ai jamais été très courageux mais j'ignore la peur. Depuis tout petit, j'ai décidé de ne pas sentir la peur. Morales voit clair en moi.

— N'aie pas peur. Si je l'avais décidé, tu serais mort depuis longtemps.

— Vous m'emmenez où ?

— Au Bourget, mon jet privé nous attend. Ne t'en fais pas pour ton passeport, on l'a récupéré chez toi. Tu appelleras ta copine Isabelle depuis l'avion, tu seras absent trois jours. Après, on te ramènera à Bordeaux. Tu passeras ton Noël tranquille à Gradignan.

Là je flippe pour de bon. Il connait toute ma vie. Il s'exprime dans un français impeccable, mais son léger accent espagnol et sa voix grave me glacent. Les mots de Paquita me reviennent : *« il est puissant et dangereux »*. Une fois installés à bord, il s'assoit face à moi. Sans me demander mon avis, il nous sert un whisky que je ne connais pas. Je crois qu'il cherche ses mots maintenant.

— Je suis porteur de fâcheuses nouvelles. Paquita est morte. Si tu es là, c'est parce que je te connais depuis longtemps par le biais de tes lettres. Vois-tu, lorsqu'elle était trop mal en point, c'est moi qui les lui lisais.

Je le regarde abasourdi. Fantômette et moi, on a correspondu en secret tout ce temps. Sept ans. Nous n'avons jamais dérogé à la promesse de nous écrire.

Mais Enrique sait tout. Et maintenant mon héroïne est morte.

— Gabriel Salvio, tu as tenu parole, jamais tu n'as failli, pas une seule fois. Elle adorait tes poèmes, tes lyrics de rap, tes diatribes contre la société actuelle. Elle mettait toute son énergie disponible dans ses réponses, elle voulait te rassurer, t'encourager à vivre.

— Mais elle aussi elle voulait vivre.

— Elle ne pouvait s'empêcher de s'autodétruire. Elle se sentait responsable de la mort de nos parents. Un jour, pour jouer, elle a mis ses mains sur les yeux de notre père qui conduisait et il a perdu le contrôle de la voiture. Elle avait six ans. Elle ne s'en est jamais remise. J'ai tout essayé pour la sauver de la came Gabriel, mais je n'ai rien pu faire.

Je n'ai rien oublié de mes quatre jours et quatre nuits avec Paquita. Je me rappelais parfaitement son évocation de l'accident. Sa responsabilité me donnait maintenant un éclairage nouveau sur les raisons de sa tendance à l'autodestruction et de son addiction jamais soignée.

— On ne peut sauver que ceux qui veulent l'être.

— Exact. Toi aussi tu as essayé à ta façon, alors j'ai décidé de venir te chercher. Sache que beaucoup de gens souhaiteraient être à ta place. J'ai décidé que toi, je devais te connaitre. J'ai décidé aussi que tu avais largement gagné le droit de lui rendre un dernier hommage.

16 Décembre 1994

Les funérailles de Paquita ne rassemblent que sa famille proche. Et moi. Le prêtre de San Miguel de Balansat officie devant le mausolée de la famille Morales. Nous sommes à la pointe Nord de l'île, sur la zone protégée de Na Xamena. Deux cent trente mètres au-dessus du niveau de la mer. On y découvre une vue imprenable sur la plage des couchers de soleil mythiques de Béniras, tandis qu'au large on devine les contours de Majorque.

Ce soir, le coucher de soleil rouge renforce la solennité de l'instant. La température me frappe par sa douceur inattendue en cette période de l'année. Je devrais me sentir mal à l'aise, pas à ma place, mais l'inverse se produit. Je sens une forme de gratitude à mon endroit, une attention bienveillante. La beauté du lieu n'atténue ni la difficulté du moment ni les larmes discrètes. Le domaine des Morales ne ressemble à aucun autre. Il flotte dans l'atmosphère des ondes familières, mélange de sérénité, de tristesse, de puissance, mais aussi de potentiel danger.

La cérémonie s'achève par de vieilles prières paysannes ibizencas, et on introduit le cercueil fleuri de Paquita dans le mausolée. Chacun dépose un lys blanc auprès de la niche adjacente au tombeau. Enrique s'agenouille en dernier devant Paquita et lui fredonne un air que je reconnais aussitôt. Le sublime « *Strange Fruit* » de Billie Holiday retentit doucement et brise mes derniers doutes. Comme son interprète favorite, Paquita a fini par succomber à une overdose d'héroïne. Quel gâchis. J'ai beau avoir tiré un trait sur les Lucioles, j'entends en boucle sa voix me répéter : *« t'es qu'un putain de dealer de merde. C'est à cause de mecs comme toi que j'ai les bras violets ».*

La nuit a enseveli le mausolée. Perdu dans mes souvenirs, j'accompagne notre petit cortège en silence vers une belle bâtisse. Le lieu m'émerveille par son mélange de traditions et de confort moderne. Mille huit-cents mètres carrés de finca décorée avec le plus grand raffinement s'accommodent discrètement de la domotique la plus moderne. Comme le veut la tradition, la soirée se poursuit par un dîner. Trois serviteurs en smoking blanc et gantés de cuir veillent à la perfection du moment. Le menu se compose de fideua « la paella du pauvre », de jambon catalan, d'huîtres, de selle d'agneau, et d'un clafoutis comme je n'en ai plus connu depuis ma petite enfance. Le clan Morales est au complet. Paco, Hernan, Alicia et Alejandra font face à leurs conjoints respectifs. Je suis assis à une extrémité de la table, en face du maître des lieux.

Seul Enrique parle français, donc j'essaie de m'exprimer avec les autres dans un anglais approximatif et nos échanges génèrent quelques rires bienvenus. Même si l'élégance vestimentaire prédomine à table, je détecte dans les manières des convives des indices de leurs origines paysannes. Je ne connais que trop bien cette façon de « saucer » ou de laisser des traces de doigts sur les verres. Le repas terminé, il suffit d'un regard d'Enrique Morales pour qu'on nous laisse en tête à tête, en compagnie d'une bouteille de téquila que je devine rarissime. Mon esprit m'indique aussitôt que cette TEQUILA ne peut être que de QUALITE. Anagramme.

Enrique quitte sa chaise, s'approche, ses yeux de feu humides vissés dans les miens, et s'assoit près de moi. Son regard m'ordonne de l'accompagner cul sec pour notre premier shot de Tequila 1942.

– Je me suis renseigné Gabriel. Inutile de vouloir me cacher quoi que ce soit, je connais ton histoire aux Lucioles. Tu t'es perdu pendant quelques temps et ta rencontre avec Paquita t'a fait prendre conscience de tes actes.

– Je ne sais pas où j'en serai aujourd'hui sans elle.

– Tu l'as voulu aussi. Tu as eu la force de changer.

Elle non. Elle a survécu longtemps grâce à toi, tu sais. Tes lettres, tes poèmes, elle les a chéris. Elle était convaincue que son ange gardien lui permettrait de vaincre ses démons. Tu symbolisais le petit frère qu'elle aurait voulu avoir, avec cette pureté d'âme qu'elle me reprochait d'avoir égarée.

– Je suis loin d'être pur.

– Tu es juste humain, mais les yeux sont le reflet de l'âme Gabriel, et malgré ton histoire personnelle, les tiens brillent encore de l'espoir. Moi, il y a bien longtemps que je ne crois plus en rien ni en personne.

Deuxième shot. Je n'ai jamais rencontré quelqu'un qui me déstabilise de la sorte. Enrique Morales dégage beaucoup de charisme et aussi une froideur robotique.

– Tu es ici chez toi Gabriel, sous ma protection. À vie, en l'honneur de ta relation avec Paquita. Mais, par honnêteté envers toi, je dois d'abord te raconter qui je suis vraiment. Après tu seras libre de tes choix.

Quels choix ? Dans le doute, j'opine en silence.

– Moi aussi, je me suis fait tout seul Gabriel. Officiellement, je n'apparais nulle part, mais en réalité, ici tout m'appartient. Je tiens tout le monde par les *cojones.* Ibiza m'appartient. À moi. Le petit pouilleux. Le petit *ibizenco,* fils de paysan, petit-fils de paysan, j'ai tout appris tout seul. Maintenant, ils me craignent tous. Ils ont bien raison.

Fasciné, je l'écoute dérouler un film qui résonne en moi. Né en 1950, Enrique Morales a commencé par la vie dans les champs. Largement agricole, Ibiza était une ile préservée et sans beaucoup de ressources, assez isolée du continent. Vers 1960, le rétablissement des moyens de transport réguliers lui donne un nouvel essor touristique.

– J'ai loué une petite boutique modeste dans la ville, et j'ai commencé à vendre des vêtements hippies. Mais bon, j'ai vite compris que la plupart des clients, ils recherchaient de l'herbe plutôt que des chemises.

— Ibiza a toujours eu cette image non ?

— Tu sais Gabriel, au-delà des clichés, l'élément dominant sur l'ile, c'était la musique. De tous bords, de tous genres. On écoutait de tout : le rock, la Motown, le Rhythm and Blues. Ces musiques augmentaient ce feeling de liberté et créaient aussi une effervescence générale, une quête permanente d'un nouveau style musical ou d'une nouvelle mode qui enflammerait le monde. Et puis, la population augmentait. On accueillait des hippies, des marginaux, de tout en fait.

— Vous avez dû faire quelques fiestas.

— Ah ça, on ne s'est pas privés.

La soirée s'écoule doucement tandis qu'Enrique égrène pour moi les anecdotes de l'Ibiza des années 60. Il a des talents de conteur et me ferait presque oublier la raison de ma présence à ses côtés. Je m'allonge sur mon lit vers 4 heures du matin et mes yeux ne veulent pas se fermer. Ma chambre donne sur la mer, mes draps en soie respirent la lavande, et malgré la chaleur du lieu, j'ai froid.

Je repense à cette brève rencontre avec Fantômette, cette rencontre qui a dicté mes lectures depuis sept ans. Grâce à elle, j'ai découvert Dante, Federico Garcia Llorca, et son cher Sartre. Je repense à nos quatre jours et quatre nuits ensemble. Je repense à mon héroïne, aux Lucioles et à Karim aussi.

Il y a dix mois, je croyais m'être définitivement défait de mon passé. En janvier, Sud-Ouest, mon journal quotidien de référence, avait relaté par le menu une fusillade sanglante ayant opposé deux bandes rivales à la Cité des Aubiers, désormais tristement célèbre sur Bordeaux. La police soupçonnait un règlement de comptes sur fond de trafic de cocaïne. Un communiqué laconique m'avait abattu :

Trois individus d'origine maghrébine ont perdu la vie, dont un certain Karim B, résident dans la commune de Talence, cité des Lucioles. Cet individu était défavorablement connu des services de police.

J'avais fait le déplacement vers Bordeaux le soir même, et assisté un dimanche matin aux obsèques pluvieuses de mon Karim. À l'écart, incognito. La pluie tombait comme il n'en tombe qu'à Bordeaux. Épaisse, intense et glacée. Elle m'avait rongé les os comme un acide malsain. Je m'étais gelé pendant une heure, dissimulé derrière un tombeau familial bourgeois démesuré, à une centaine de mètres de la cérémonie. Karim, lui le rebelle arabe, lançait un dernier pied de nez au monde entier en se faisant enterrer parmi les cathos du Cimetière de la Grande Chartreuse, en plein centre de Bordeaux.

J'ai reconnu certains visages familiers, mais j'ignorais l'identité de quelques-uns des jeunes hommes présents. Il ne faisait aucun doute qu'ils étaient pour la plupart armés. Une fois leur hommage terminé, je me suis approché de la tombe de Karim. Mes chaussures avaient baigné dans la boue, recouvertes de saleté et de tristesse. Je l'ai quitté en lui renvoyant un *« je t'aime mec »*, ces mots que j'aurais dû lui dire un jour.

Blotti dans mon lit, je me rappelle encore avoir erré toute l'après-midi avant d'aller le soir au match, au Parc Lescure, hurler ma peine face à l'ennemi marseillais. Ni la victoire, ni la virtuosité d'un de nos joueurs, un autre jeune *« de type maghrébin »*, un certain Zinedine Zidane, n'avaient suffi à dissiper une once de mon chagrin.

Ni les draps de soie ni la lavande ne suffisent à m'extraire à mes souvenirs. Le lendemain matin, je me retrouve avec Enrique sur la plage voisine de San Miguel. Il fait frais aujourd'hui et, tous deux chaudement emmitouflés, il entreprend de me faire découvrir les petites criques du Nord de l'ile, seulement accessibles en zodiaque. Il profite de chaque escale pour me relater un souvenir spécifique. À chaque plage son histoire, à chaque « cala » son anecdote. Il narre avec humour et pudeur sa découverte de toutes les drogues et d'une sexualité débridée en ces lieux magiques.

Et puis, il évoque la naissance de Paquita en 1968, la sixième de la fratrie Morales, la plus jeune, la plus vulnérable aussi. À l'évocation de son nom, seuls le silence et le froid nous empêchent de pleurer. Je sens qu'il porte en lui une énorme culpabilité.

La culpabilité de ne pas l'avoir secourue et sauvée. J'ai la sensation qu'il me voit comme la part survivante de Fantômette, qu'il cherche en moi une sorte d'absolution. Au cours de ce périple le long de la sublime côte nord/nord-ouest d'Ibiza, nous échangeons plus de regards que de paroles. Vers midi, un vent abrupt se lève et rend inutiles les rayons du soleil. Nous accostons gelés au Port de San Miguel.

Après une douche bien chaude, un peu de jamon iberico et quelques boquerones, nous nous installons près de l'immense cheminée en bois blanc de l'un des salons. Le salon-bibliothèque. Mes yeux se baladent furtivement sur quelques centaines d'ouvrages. À l'évidence, certaines éditions originales rares garnissent une partie des étagères. Une bouteille de Tequila refait son apparition. Enrique reprend le fil de notre conversation de la veille. Je comprends vite qu'il souhaite consacrer l'après-midi à me raconter son ascension. Retour à la fin des années 60.

– Comme je te l'ai raconté, Ibiza recevait tout le monde et même des déserteurs. Des fils de riches américains envoyés se cacher sur l'île ont commencé à débarquer pour échapper à la guerre du Viêtnam. Parmi eux, je me suis vite lié d'amitié avec un certain John L. Fishburne Junior.

Le père de John était maire, démocrate de son état, et avait usé de toutes ses relations pour que son fils John Jr échappe au conflit. Fishburne Senior avait jugé préférable d'envoyer le jeune John en mission sur une île méditerranéenne. À tort ou à raison, les patrouilles effectuées dans ce lieu de villégiature lui paraissaient moins périlleuses que le Vietnam. On est devenus vraiment proches avec John Junior. Il détestait son père et son hypocrisie politique permanente. Il le soupçonnait d'avoir eu un fils illégitime avec une des domestiques, qui lui, mulâtre, avait été envoyé au front.

— Comme quoi, aux Etats-Unis aussi, ils ont des cadors en politique. Charité bien ordonnée commence par soi-même.

— Exactement. Comme je te l'ai raconté, on a beaucoup fait la fête ici où tout était permis. Pendant cinq ou six ans, la luxure a prédominé. Ni John ni moi n'étions enclins aux tâches agricoles. Donc le temps s'écoulait entre musique, drogues douces, sexe et farniente. Nous voulions en profiter à plein car nous savions aussi que cela ne durerait pas éternellement. Fin 1974, John Sr, auréolé de son nouveau statut de Sénateur des Etats-Unis, a jugé qu'il était possible pour Junior de rentrer au bercail. Ni lui ni moi n'avions envie qu'il parte tu sais. Quitter cet Eden pour retrouver son salaud de père, ça ne l'emballait pas.

Cette réflexion me ramène un instant sur le ring de sumo. Oui, certains pères peuvent être des salauds, et de bien des façons différentes.

Enrique embraye.

— Comme il appréhendait beaucoup de se retrouver seul à New-York, il m'a emmené dans ses valises. Sans me le faire sentir, il m'a offert ainsi un voyage de remerciement pour les années idylliques passées sur l'île.

— Eh alors, New-York dans les années 70, c'était bien ?

— La Grosse Pomme m'a plu immédiatement. On était bien loin de la mégalopole aseptisée de Giulani aujourd'hui. New-York concentrait à cette époque une diversité raciale et sociale déjà source de tensions et d'incompréhensions. En parallèle, chacun jouissait d'une liberté presque sans bornes. Manhattan, Times Square, ça craignait, mais les fêtes impromptues, il y en avait pléthore. Pléthore, c'est comme ça qu'on dit non ?

— Oui, oui

— On s'éclatait Gabriel. Fallait avoir les bons contacts pour être au courant de la prochaine bringue. Avec les initiés, on se retrouvait très régulièrement les uns chez les autres ou en boite. John m'a trainé dans tous les night-clubs Imagine-toi qu'on allait vraiment partout, jusque dans le Queens.

— Le Queens ça devait craindre non ?

— Il y avait une boite de folie là-bas qui venait d'ouvrir ses portes. Mélange de sexe, de drogue, de people et de disco, ça s'appelait l'*Enchanted garden.* Il se dit aujourd'hui qu'à l'époque, le Garden a été l'antichambre du temple de la nuit, l'antichambre du célébrissime *Studio 54.* On y allait presque tous les soirs, et avec voracité. Tu imagines passer ta soirée à prendre de la coke avec Andy Warhol, Mick Jagger et Jack Nicholson ?

— Euh non, pas vraiment.

Je me demande s'il est complètement mytho, mais il me semble que non. Ses descriptions sont cohérentes, les détails précis et surtout ses yeux ne mentent pas.

— Je me suis imprégné de toutes les règles dictées par les deux patrons du *Garden* : la fête totale, le no limit, les mannequins, le business, le people, les nobodys et surtout les ficelles pour créer le mythe. Le jour où tu refuses l'entrée à une star, la rumeur se répand, et tu deviens la boite la plus désirée. Tu vois Gabriel, je n'ai rien inventé, mais j'ai juste décidé que ses règles seraient les miennes si un jour j'ouvrais un endroit comme le Garden.

Il nous ressert un petit shot de téquila, et il enchaine.

– John était blindé, mais moi j'avais les poches presque vides et je vivais à ses crochets. On avait une petite bande vraiment cool. Dans le groupe, il y avait deux français, Henri et Jacques. Ils avaient une boite de production en France, mais ils galéraient et ils venaient souvent à New-York pour percer le marché US. On aimait traîner dans Manhattan, plus particulièrement dans South of Houston. Et un soir, dans un bar, en face d'une auberge de jeunesse, pour rigoler on s'est tous déguisés pour se mettre à chanter. Pour se marrer, il avait été choisi comme thème l'imitation des personnages caricaturaux de Soho Village. Genre un ouvrier au casque jaune, un Indien, un motard homo...

Là, c'en est trop. J'explose de rire.

– Tu vas me faire croire que t'as participé par hasard à la création des Village People, des tubes style YMCA, Macho Man et tout le tralala...

– Jacques et Henri, ils ont tilté tout de suite. Mieux que ça, ils nous ont proposé de les aider financièrement dans la mesure de nos moyens. J'ai mis toutes mes maigres économies tellement j'y croyais. En trois mois, ce fut un raz-de-marée. Et les deux français, ils ne se sont pas arrêtés en si bon chemin. Tu vois, l'armée américaine cherchait à recruter à l'époque, et bon, après le Vietnam, ça ne se bousculait pas pour y entrer. Avec l'aide de Fishburne Senior et aussi beaucoup de culot, ils ont obtenu de tourner une vidéo sur un porte-avions de la Navy. Un texte écrit à la va-vite qui s'appelle évidemment *In the Navy*, le clip du groupe sur le porte-avions, et le tour est joué. Ils ont engrangé des montagnes de dollars, et ils n'ont pas oublié les copains de galère qui les avait aidés. J'étais rentré à Ibiza, j'avais l'idée d'ouvrir ma boite de nuit mais je n'avais pas l'argent. Jacques et Henri ont honoré leurs engagements envers tous ceux qui les avaient aidés. Grâce à ce jackpot j'ai pu accéder à mon rêve.

Ou bien c'est le plus grand menteur que je connaisse, ou il dit vrai. Et je penche pour la deuxième option. Dans son récit transparait surtout l'immense importance qu'il accorde au respect de la parole donnée. Et ça, j'aime.

— D'emblée, j'ai acheté des terrains et des bâtisses. On ne change pas un paysan. Et puis, dans l'ombre, j'ai investi dans l'entertainment. J'ai suivi à la lettre les préceptes des New-Yorkais, qu'il s'agisse de restos, de bars ou de boites de nuit. Et il n'a pas fallu longtemps pour que ça marche. Après des débuts hésitants, tout m'a réussi. Ibiza a basculé dans la notoriété. Une courbe exponentielle de touristes, la volonté des gens de faire la fête à outrance, l'inflation des plaisirs, pas besoin de faire un dessin monsieur le trader.

Effectivement, j'imagine la suite sans mal. Avec les tonnes d'argent amassées, il a pris le contrôle de tout au fil du temps. Probablement de la politique, de la police, et des trafics en tous genre. La bouteille de téquila que nous avons fini par vider ne m'aide pas à trouver le sommeil.

Je songe à Enrique. Enrique Morales essaye de cacher une personnalité aux multiples facettes. Mais l'hôte affable, le grand frère protecteur, le chef de famille et le petit paysan qui a réussi, cohabitent avec une autre personnalité. Je le sais, je le sens. Oui, il est puissant et dangereux. Certainement dur et implacable. Capable de tuer. J'ai la certitude absolue que c'est sa façon de dominer ses traumatismes d'enfance. It takes one to know one. La nuit est courte d'autant que je dois reprendre à l'aube le jet d'Enrique, direction aéroport de Bordeaux-Mérignac. Il est temps de le remercier pour son hospitalité et j'hésite vraiment sur la conduite à tenir. Maintenir le contact ou pas ?

La personnalité hors normes de cet individu m'intrigue. Je le soupçonne capable des pires horreurs, mais j'admire certaines valeurs chez lui. J'ai envie qu'il décide pour moi.

– Gaby, je peux t'appeler Gaby maintenant ?

– Mes amis m'appellent Gab.

– Pour moi, tu seras Gaby. Pendant ta relation épistolaire avec Paquita, tu as prouvé que tu étais fidèle et que tu savais garder un secret. Alors continue comme ça.

On se serre la main, je m'apprête à disparaitre dans l'habitacle.

– Tu seras toujours le bienvenu à Ibiza Gaby. Et si jamais, tu as le moindre problème, n'hésite pas.

Je ne devrais pas. Je ne devrais pas mais je redescends quand même de la passerelle. On ne m'a pas souvent traité avec autant de sollicitude. Alors, j'enlace Enrique dans mes bras. Et moi, le trader en devenir qui veut oublier son passé de dealer et de racaille, je sens monter en moi ce désir de revanche. Ce désir de réparer une injustice. À la Dantès. J'ai soudain le besoin urgent de me venger d'un salaud que je n'ai jamais oublié. Je sais que si je le lui demande, Enrique Morales le fera, et que ma demande équivaut à un pacte sulfureux. Et pourtant, je m'entends dire :

– Oui, peut-être que tu peux m'aider à retrouver quelqu'un. Il y a 9 ans, durant l'été 1985, sur le bassin d'Arcachon, un chauffard a failli tuer mon beau-père. Il l'a renversé, l'a laissé pour mort dans un fossé, et il s'est barré.

J'ai évidemment toujours en mémoire tous les détails du témoignage et le rapport de l'enquête. Sans un mot, Enrique fait inscrire sur un calepin la plaque d'immatriculation de la Mercédès verte. Il m'embrasse une dernière fois et me gratifie d'un ultime *« À bientôt Gaby »*.

15

31 Décembre 1994

Les vacances m'ont fait du bien. En compagnie des miens, j'ai passé un Noël vraiment génial. Moi qui d'habitude n'apprécie pas cette période, je me sens bien. Tout le monde est en forme, Sophia a trouvé un équilibre dans son rôle d'aide-soignante à l'hôpital et son humeur s'en ressent. Maman et Michel se sont mis en quatre pour nous faire plaisir pendant ce break bien mérité.

Maman nous a sorti son foie gras à l'armagnac fait maison, des cous d'oie farcis, une mayonnaise infinie pour accompagner les langoustines, un festival. On s'est gavé de chapon, de petites pommes de terre rissolées au four, et de tous les fromages de la terre. Quand est arrivée la traditionnelle bûche au chocolat, tout le monde a protesté pour la forme, avant de lui faire un sort immédiat et définitif.

Avec Isabelle, on partage ces vacances entre Gradignan et Caudéran où vivent ses parents, qui m'ont largement adopté. Eux aussi nous gâtent, et tout semble parfait durant ces quelques jours. Et puis, ce soir nous avons organisé un gros réveillon. On doit recevoir tous nos copains de fac et d'avant, une bonne cinquantaine de larrons en foire. Dès l'apéro, ça chambre un maximum, je suis ultra-détendu, et la nouvelle année s'annonce sous les meilleurs auspices. Dès qu'Isabelle s'absente, Manu, Joss, Arnaud et Huck ne se privent pas de me charrier sur « des vieux dossiers » et forcément Thomas et Mike en rajoutent.

Tout le monde a bien picolé lorsque tout d'un coup, juste avant minuit, Isabelle me prend la main. Et sans crier gare, devant cette assemblée festive, elle colle son nez sur le mien et demande :

— Gabriel Salvio, voulez-vous m'épouser ?

Elle m'a pris de cours, je réponds oui, tout le monde applaudit. Mais à l'intérieur, tout mon corps dit non. Oui, Isabelle je l'aime. Mais comme on aime à quinze ans. Nous sommes trop jeunes, et moi, je me sais encore trop immature. Mais j'ai eu peur de la vexer, de la perdre, et j'ai pensé au vide laissé par Paquita et Karim. Alors, j'ai dit oui.

1er Mars 1995.

J'ai reçu une invitation par la poste. Et j'ai pris mon après-midi pour aller à Barcelone. Quart de finale aller de Ligue des Champions, Barcelone-PSG. Enrique est un socio du Barca, et bien sûr il a sa loge au Nou Camp. Nous nous retrouvons avec joie pour la première fois depuis décembre. Après le match, direction les ramblas pour un diner tardif. Il a réservé dans une sorte de bodega typique, où les jambons sèchent sur de longs crochets suspendus au plafond.

Je lui raconte les derniers potins du marché. Il est ravi d'apprendre que ma carrière décolle et que je vais *« passer à la table »* comme on dit. Un jeune trader cador de la Banque revient de son VSNE à Tokyo. Là-bas, il a fait des miracles et il cherche quelqu'un pour bosser avec lui sur l'indice phare de la BNP, le CAC 40. Marc lui a recommandé de tenter l'expérience avec le joufflu, c'est-à-dire moi.

Passer à la table, ça veut aussi dire quitter le Palais Brongniart et passer les ordres depuis la salle des Marchés du Boulevard des Italiens. Ça ne m'enchante pas car j'ai établi à la Bourse quelques relations solides. Et surtout, quand le marché le permet, les distractions sont légion.

Pour satisfaire la curiosité d'Enrique, je lui fais partager quelques anecdotes et des surnoms d'individus qui agrémentent mon quotidien. Rantanplan, Adrian le Dauphin, Rouquemoutte et SanKuKai le font éclater de rire.

— Ces mecs-là, ce sont des courtiers. Avec eux, on joue au chat et à la souris. Ils viennent nous demander des fourchettes de prix pour acheter ou vendre des options pour leurs clients. Quand ils se pointent, on essaie de deviner s'ils veulent acheter ou vendre et on fait un prix en conséquence. Ça s'appelle le *« spoofing »*.

— Comment ça marche ?

— Imagine le « juste prix » de l'option c'est 5 balles. Avec les autres market makers, on pense que le courtier veut acheter. Au lieu de lui montrer le vrai prix, un de nous lui dit qu'on paye 8 et qu'on vend a 10. Et là, il rapporte le prix à son client et il revient avec un ordre.

– Et s'il vous vend à 8 ?

– C'est le risque, mais ça n'arrive quasiment jamais. Entre-temps, on invente un bobard. Mais très souvent, il revient, et il confirme qu'il est acheteur et que c'est un peu cher. Et il nous dit qu'il paye genre 7.

– Et ?

– Et à 7 on lui vend, puisque depuis le départ le juste prix c'est 5 ! In the Pocket !

– Attends. C'est comme si moi je vais voir un assureur. Il me dit que mon produit d'assurance vaut 2000 francs. Je lui dis que c'est trop cher, que je paye que 1500. Là, il me la trouve, je suis content, je le remercie, alors que ça valait 1000 dès le départ et qu'il m'a enfumé 500 balles ?

– Exactement.

– Et moi qui pensais que j'étais un bandit… Et à part essayer de voler les clients, tu fais quoi ?

– On parie. Je te jure, ça parie sur tout et surtout sur rien d'important. Un jour, y a un des rugbymen de l'équipe de l'AS Bourse qui lance à la cantonade qu'il peut ingurgiter vingt nems (des rouleaux de printemps très gras achetés chez le resto vietnamien le plus proche) en vingt minutes. Les gars l'ont assis sur une chaise, plateau de nems à droite, bouteille d'eau à gauche. Le pari est simple : Y arrivera ou pas. La moitié parie que oui, l'autre que non.

– Et tout le monde parie là-dessus ?

– Presque. Les jeux sont faits, on entame la course contre la montre. Alors là tu vois c'est typique. Sous les acclamations et les huées d'environ deux cents mecs surexcités, le type entreprend de goinfrer les rouleaux. Il a un bon rythme, il tient la cadence d'un nem à la minute. Je te jure, il commence à suer, mais il tient. Et puis, au dix-neuvième nem, on arrive au comble du suspense. Les spectateurs agglutinés près de lui hurlent comme des veaux, et là, boum, il craque. Il a balancé un énorme gloubi-boulga en plein milieu du floor.

— Quoi, il a vomi en plein milieu du trading pit du Palais Brongniart ?

— Oui monsieur, et crois-moi, l'ensemble de la scène, ce n'était pas beau à voir.

— Ok Gaby, c'est bien mignon, mais tu n'as pas fait un jackpot sur ça. Les montants engagés sur une bêtise pareille ce n'est rien non ?

— Mais tu rigoles, il y a au moins 90 000 Francs qui ont changé de mains en vingt minutes.

— Mais alors, avec les élections présidentielles françaises qui arrivent, il va y avoir un max de fric en jeu ?

— Énorme. Tu as vu ce qui se passe aujourd'hui déjà ? Chirac vient de dépasser Balladur de 4% ! Il y a six mois, il était mort, il se trainait 10% derrière Jospin et Balladur dans les sondages ! Mais, je vais continuer à tenir. J'ai suivi la stratégie d'un gars smart il y a six mois. J'ai misé 2000 francs sur Chirac Président. S'il est élu, je prends 12 fois ma mise de départ, 24000 balles.

— Mais il y a autant de cash que ça qui circule ?

— Tu n'as pas idée Enrique. Tous les jours, des dizaines de milliers de francs minimum. D'autant que ça, ce n'est la partie visible de l'iceberg. Certains magouillent dans tous les coins.

— Raconte.

— Moi, on m'a approché pour faire un compte demi. J'ai refusé mais ça arrive tout le temps. Le principe est simple. Il y a des gars sur le pit qui travaillent pour leur propre compte. Ça s'appelle des NIP, des Négociateurs Indépendants de Parquet. Donc ils prennent 100% d'une opération gagnante dans leur poche. Les autres traders comme moi, on gère beaucoup plus de capitaux, on touche à peu près 5% d'intéressement sur ce qu'on génère. Donc, il suffit de faire sciemment un deal perdant de 1000 francs, en face d'un NIP, cela ne se voit pas dans les gains et pertes de la journée dans les grosses positions. Le NIP lui, il empoche 1000 balles. Et après la cloche de fin de marché, il file 500 francs en liquide à son complice. Moitié-moitié, c'est ça le compte demi.

Enrique se touche doucement l'extrémité droite de sa fine moustache impeccable. J'ai remarqué qu'il fait toujours ça quand il hésite. Il dévie.

— Elles ne sont pas mal ces huîtres Gaby, tu ne trouves pas ? En plus, notre petite serveuse, elle les rend meilleures, juste par sa présence, non ?

— Arrête, et puis je me marie cette année. Isabelle m'a demandé et j'ai dit oui.

— Allez, ça se fête ça ! Padron, Champagne por favor !

Celui-ci s'agite et nous l'apporte dans l'instant. Il a un look de beauf libidineux, la cinquantaine, chauve et vulgaire. Je ne comprends pas bien l'espagnol, mais il est clair qu'il n'a pas lu Cervantès. Il sue abondamment dans sa chemise Flower Power ridicule, tandis que sa bedaine recouvre son ceinturon brun défraichi. Il se présente sous le nom de Carlos Fuentes et en fait des tonnes. À côté de lui, notre petite serveuse se dandine, mal à l'aise dans sa jupe noire et son décolleté rouge trop plongeant. Au bout de deux minutes interminables, l'obséquieux nous lâche et on trinque à mes noces futures.

— À vous deux, et à ton avenir Gaby.

— Merci, Enrique.

— Tu as vu comment ce gros porc pelote les nanas qui bossent pour lui ?

— Arrête, c'est insupportable. Je ne sais pas comment elles font pour ne pas le gifler.

— Le manque de fric Gaby. Elles endurent tout. Il parait qu'il les force même à faire des petits tours en voiture le soir, tu vois, avec une petite gâterie obligatoire à la clé.

— Comment tu sais ça ?

— J'ai fait faire ma petite enquête sur notre ami Fuentes. Ça ne m'a pas pris bien longtemps pour le retrouver lui et sa vieille Mercédès verte.

Enrique me dévisage goguenard, ravi de son petit effet. Je ressens un froid glacial. Je pense à Boris Vian et au Comte de Monte-Cristo tout en suivant des yeux l'ordure qui a failli tuer Michel il y a neuf ans. Enrique a changé d'expression. De petites rides dures déforment maintenant son visage hâlé. Il a un rictus terrifiant. Il allume un énorme Havane. Tout en extirpant les premières bouffées, il me fixe.

— Alors Gaby, on égorge le porc ou pas ? Pouce vers le bas ou pouce vers le haut ? ? Tu as une minute pour décider.

— Crame-lui son resto en lui faisant bien comprendre qu'il a intérêt à ne plus jamais toucher une fille.

C'est sorti tout seul. La racaille qui sommeille en moi a resurgi sans crier gare. Enrique justifie ma réaction différemment.

— C'est bien Mr Comlarchange. Tu es un jeune homme bon. Puisque tu le souhaites, Fuentes vivra. Le pardon et la justice avant tout. Après, faudra qu'il passe devant dieu.

— Je pensais que tu ne croyais plus en rien.

— Sur terre Gaby, sur terre.

Moi, je ne crois pas à la justice du barbu. Et je dois accepter qu'en moi, tout n'est pas si blanc.

De retour à Paris, me voilà donc propulsé « à la table ». Immédiatement, on s'entend comme larrons en foire avec Olivier, mon nouveau boss en salle de marchés. Il a reçu une éducation stricte, il est programmé pour une carrière météorique. Je crois qu'il apprécie ma simplicité et mon franc-parler. Mon profil diverge des Polytechniciens ou des

Centraliens que les recruteurs affectionnent. Olivier a fait Centrale lui aussi, mais il est convaincu qu'il faut aussi de l'instinct et de l'humilité pour réussir. Toute notre activité se concentre au deuxième étage d'un immeuble appelé la Maison Dorée situé Boulevard des Italiens. Malgré la pression de devoir faire de l'argent, l'ambiance est bonne entre tous les traders. Tous les matins avant l'ouverture, on boit un café et on joue au flipper à la brasserie d'en face. On s'entr'aide et j'ai été super bien accueilli par les gars déjà en place. La banque ambitionne que le trading devienne un centre névralgique de profits. Nos bonus de fin d'année dépendront de notre performance individuelle mais aussi des résultats globaux de notre employeur. Alors on bosse, beaucoup, et ça fonctionne.

Dans mon coin, je cultive toujours mon jardin secret en marge des options, et le 9 juin, je vais au Zénith de Paris, voir NTM en concert. Jacques Chirac est Président depuis un mois, et j'ai bel et bien collecté les vingt-quatre mille francs de mon pari. Mais ce soir, j'enlève mon costard de trader et de parieur, je mets mon survêt à capuche et je vais dans la fosse. Comme quand on allait à la Patinoire de Bordeaux avec Manu, Joss, Arnaud et Huck.

Ouais mais là, ce n'est pas la même fosse. L'époque a changé, et je l'expérimente au plus près. Ça suinte le shit et l'agressivité, mais surtout je perçois une rage dévastatrice à chaque centimètre carré. Je sens que mes petits gars des Lucioles n'auraient pas tenu un round face à certains scarlas que je croise dans cette salle surchauffée.

KoolShen et Joey Starr débarquent et enchainent les morceaux de leur nouvel album, Paris sous les Bombes. La salle est en transes. Une force animale se dégage de Joey Starr, il me fascine. Je n'arrive pas à détacher mon regard de lui, et j'ai la conviction que le petit garçon né Didier Morville a dû en baver pour s'en sortir.

It takes one to know one. Kool Shen assure les lyrics pendant que Joey électrise tout le monde. Je me retrouve en eux, les phrases sonnent juste, les textes expriment une vraie sincérité, des valeurs et la douleur aussi. Je m'identific à lcur révolte contre les aberrations de la société d'aujourd'hui. Au bout de deux heures bestiales, je sors du Zénith lessivé par l'odeur des joints, la qualité des textes, et l'énergie des deux zozos. J'aimerais savoir ce qu'ils pensent vraiment, mais au lieu d'écouter les messages de Nique Ta Mère, au mieux la presse les cantonne dans un rôle de porte-drapeaux des banlieues. Au pire, on les accuse d'incitation à l'insurrection, et on voudrait même les interdire eux et leurs bombes à tags.

Le 25 juillet, une vraie bombe explose en plein centre de Paris. Station Saint Michel, RER B. Huit mort, cent dix-sept blessés. La nervosité gagne les marchés, et au deuxième étage du Boulevard des Italiens, nous en profitons tous allègrement.

Le reste de l'année se déroule super bien. Avec Isabelle, on se marie le 9 septembre à la mairie de Caudéran, et on fait la fête dans un petit château loué à Gradignan. Une fête qui nous ressemble, en famille, avec les copains. Simple et authentique. Parmi les highlights de la soirée, Mike déguisé en Claude François, ça vaut le détour. Tout le monde a contribué à notre cagnotte pour notre voyage de noces à l'ile Maurice en mars prochain. L'effort commun a dépassé nos espérances, en particulier grâce à la générosité d'un donateur anonyme. Je n'ai aucun doute sur l'identité de ce bienfaiteur qui a signé ses vœux d'un F et d'un petit masque Fantômette.

Avec Isabelle, nous louons désormais un appartement de meilleur standing rue Lecourbe, toujours dans le 15eme. Le retour post-mariage été un peu brutal avec le déménagement, et il a fallu se remettre au trading mais bon, je mets les bouchées doubles pour ce qui sera j'espère mon premier « gros bonus ».

Quand éclatent des grèves en décembre, je sais que le trading floor a fait pas mal d'argent sur l'année et je maudis les revendications qui paralysent le pays. Selon moi, la « réforme Juppé » est nécessaire. Pour couronner le tout, il fait un froid de canard et je n'habite pas tout près de la banque à pied. Paris se réchauffe par tous les moyens, et la sortie du film de Chatilliez *« Le bonheur est dans le pré »* tombe à pic. Je trouve que Sabine Azéma et Eddy Mitchell crèvent l'écran. Avec eux, Michel Serraut rayonne dans le rôle d'un usurpateur d'identité qui cherche à changer de vie.

J'en sors un peu retourné, en me demandant jusqu'à quel point moi aussi, je suis un imposteur. Une petite voix intérieure me ramène toujours à mon pedigree : Ex dealer, pas d'études d'ingénieur, et trader junior en charge de grosses responsabilités. Je dois bien avoir quelques qualités mais je doute parfois. Est-ce que je mérite d'être là ?

19 Mars 1996

En tout cas, une chose est claire. J'ai toujours le cœur à gauche mais le portefeuille de plus en plus à droite. Ce matin, ma nervosité l'emporte sur tout le reste. À 9h30, je dois passer dans le bureau de mon boss qui doit m'annoncer mon bonus tant attendu pour l'exercice 1995. Tous mes potes traders se rongent aussi les sangs lorsqu'on nous annonce que les chiffres ne tomberont qu'une semaine plus tard. La déception est palpable et les spéculations vont bon train, avec une tendance négative. Ça va de « *Ce n'est pas bon signe* » à « *On va encore se faire niquer en beauté* ». Je partage deux ou trois cafés avec eux avant de filer.

Après-demain, je pars en voyages de noces à l'ile Maurice avec Isabelle. Mais, d'abord, un aller-retour éclair à Bordeaux s'impose. Ce soir, on ne sera pas 20000, mais plutôt 40000 massés dans les tribunes. Et des millions devant la télé. Ce soir, dans mon stade, avec ma tribu, on doit recevoir le Milan AC. Le grand Milan AC de Berlusconi. Il y a deux semaines, dans l'antre lombarde de San Siro, on a pris 2-0 sans qu'il n'y ait rien à redire. Mais ce soir, un espoir fou et irrationnel pourrait bien faire basculer ce match retour dans l'improbable. À la banque, ils se sont tous foutus de moi. J'ai entendu de tout. « *Alors le bordelais, vous allez encore vous faire tôler ce soir ?* », « *Ton équipe de guignols, ils feraient mieux de se concentrer sur le championnat de France* », etc. etc.... Dans ces cas-là, comme sur le pit, il faut leur faire face et relever le défi en en rajoutant une couche. J'ai donc misé sur le fait que Bordeaux allait se qualifier en gagnant par trois buts d'écart. Pas beaucoup, j'ai misé 200 francs. Mais vu que d'après eux j'ai aucune chance, ils m'ont donné une cote de 100/1. Ça veut dire que si on se qualifie je gagne vingt mille francs. Sinon, dans le cas contraire quasi-certain, je perds deux cents balles.

Le TGV déroule les paysages entre Montparnasse et la Gare Saint Jean. Rarement mon esprit me porte loin du trading et des marchés, mais l'occasion s'y prête. Ça fait quatre ans que je n'ai pas vu mon père, et ça commence à me ronger. J'habite pourtant à dix minutes à pied de chez lui. J'ai son adresse par mamie.

Mamie, je l'appelle de temps en temps pour lui donner des nouvelles de ma vie, et immanquablement, elle remet le cas de mon paternel sur le tapis et le fait que je ne l'ai pas invité à mon mariage. À chaque fois revient la rengaine de la culpabilisation et du pardon. Et ça commence à fonctionner. Elle m'exaspère encore plus depuis Janvier et la mort de Mitterrand, le plus grand à jamais, et *« pour les siècles des siècles »*.

Je rigole tout seul en pensant à la blague de Scrabbleur que je lui ai faite hier. Elle consiste à faire un seul mot avec toutes les lettres et uniquement les lettres de deux autres mots. Elle n'a pas apprécié quand je lui ai dit que : TONTON+ALZHEIMER= HORIZONTALEMENT. Genre Repose en Paix. Elle a raccroché direct. En repensant à ma blague foireuse, je décide que j'irai voir mon père après l'ile Maurice, et aussi que j'irai me recueillir sur la tombe de papi.

Je ne fais pas le voyage à Bordeaux pour rien. Je ne pas si le barbu dans le ciel et les marabouts ivoiriens se sont penchés sur le Parc Lescure, mais ce qui se passe sous mes yeux ce soir dépasse l'imagination. Sous l'impulsion de notre magicien Zidane, mes petits lutins bordelais d'habitude en marine et blanc se sont transformés en princes vêtus de rouges. Mes Girondins sont en train d'étriller le Milan AC 3-0 dans une ambiance irréelle et survoltée. On a basculé dans l'irrationnel. À cet instant, je n'en ai rien à faire de la banque, des moqueries et des vingt-mille francs que je peux empocher. Il reste quelques instants à jouer et un but milanais suffirait à tout briser. On sait que l'on est en train de vivre un moment unique, qui touche une partie de nous où seule la passion peut nous entrainer. Le chauve habillé en gris qui court au milieu des joueurs porte une dernier fois le sifflet à sa bouche. C'est fini. Le petit poucet bordelais a terrassé l'ogre milanais. Seuls comptent les cris, le bonheur, et les larmes de joie. Je les partage avec Joss. Il a eu la bonne idée de me convaincre de venir avec un argument massue : *« Imagine si on le fait et qu'on n'est pas là ? »*. Et on l'a fait. Les joueurs l'ont fait, portés par un moment inexplicable.

C'est stupide mais jamais je n'ai ressenti cela. L'espace d'un soir, je suis redevenu un gamin qui croit aux contes de fées, à la justice et à l'espoir qui se concrétise.

16

20 Avril 1998.

Mon compte présente un solde créditeur de cinq millions deux cent mille et quelques francs. Je le sais, j'ai appelé hier. Avec Isabelle, l'ile Maurice nous a déçus il y a deux ans, alors la destination a changé l'été dernier en direction des Seychelles. Départ le cœur gros car nous avions appris juste la veille que le taux de globules blancs et rouges d'Isabelle ne laissait rien présager de bon pour la grossesse.

Et pourtant, huit mois plus tard, je suis bien là ce matin à me ronger les ongles à la maternité de Caudéran. J'attends la naissance de notre fille Mahé. Le soleil et la beauté de notre lieu de vacances ont retourné les probabilités en notre faveur. On a décidé ce prénom par superstition, en hommage à la capitale des Seychelles. Manu sera le parrain de Mahé, et Sophia sa marraine. Les heures passent et je n'en mène pas large. J'entends hurler Isabelle avec la certitude que cet abruti d'anesthésiste a loupé la péridurale. Et pourtant, c'est bien moi qui ai décidé de ne pas être à ses côtés. J'ai trop peur. Je suis assailli par le doute aussi. Je ne peux pas m'empêcher de penser à Jacky. Oui, Isabelle a passé l'épreuve d'une amniocentèse par acquit de conscience, mais bon. Si une chance sur un million ça tombe sur nous, on fait comment ? Et puis moi, peut-être ne suis-je pas prêt à être un bon père pour un bébé.

D'un autre côté, vu le rôle-model que j'ai eu, ça va s'avérer compliqué de faire pire. Je m'inquiète aussi parce qu'Isabelle a mal vécu les neuf mois de grossesse. Passer du statut de working girl canon, à celui de génitrice en surpoids, ça lui pèse justement.

Il faut que je me change les idées. Pour tuer le temps, je cherche des infos sur le 20 avril sur mon portable, le tout nouveau Nokia que m'a offert Huck. Le dernier album de NTM, Suprême NTM, est sorti ce matin. Vu le contexte, je ne fais pas la queue pour l'obtenir aujourd'hui, j'irai demain. Mais déjà, des informations filtrent. Il parait que ça va cartonner comme jamais. Sur internet, je repère un titre de l'album que je prends comme un message et un avertissement : *« Laisse pas trainer ton fils. »*

Si Mahé nait après 14h15, elle sera Taureau, comme moi, et comme Isabelle. Tout un programme. Je recherche aussi des personnalités célèbres nées un 20 avril. Ça ne loupe pas. Adolf Hitler. Je vais oublier les superstitions pour aujourd'hui.Les parents d'Isabelle sont là, au contraire de son imbécile de frère, que je surnomme Copernic. Je le surnomme ainsi car ce blaireau se convainc quotidiennement que la Terre tourne autour de son nombril. Son ego l'empêche de soutenir sa sœur aujourd'hui, il a sûrement mieux à faire.

Mon père aussi a sûrement mieux à faire. Si pour une fois il se souvient de mon anniversaire le mois prochain et qu'il m'appelle, je lui ferai part de son nouveau statut de grand-père. En revanche, Michel, maman et Sophia sont là. Cela fait quinze ans que notre petit quatuor fonctionne. Des Lucioles aux Terrasses puis des Terrasses à Gradignan. Je me laisse aller là un peu de nostalgie, quand soudain, ma mémoire s'éclaire. Seize ans. Il y a seize ans jour pour jour, j'ai cessé de jouer au scrabble à Claouey. Tirage L I F M E L A. Scrabble : FAMILLE.

Enfin, l'infirmière me fait entrer dans la chambre. Isabelle semble épuisée, une sage-femme s'affaire dans un coin. Je m'approche doucement tandis qu'elle continue à nettoyer un petit bout de vie de trois kilos. Avec délicatesse, elle dépose Mahé dans les bras d'Isabelle. Je n'ose pas poser de questions. J'ai bien trop peur de la réponse. Isabelle me la donne dans un souffle.

— Prends-la, tout est normal.

Alors pour la première fois de ma vie, toute ma joie explose sous la pression. Je me rue dans le couloir, j'ai besoin d'air. Je hurle à plein poumons, presqu'aussi fort qu'Isabelle pour la dernière poussée. À la limite du malaise. Je hurle parce que j'en ai besoin. J'ai besoin de m'affranchir de mes peurs de petit garçon et de mes névroses adolescentes. Je hurle. Je suis un adulte. Et la preuve c'est que je suis père. Alors je hurle à l'envi, sans contrôle, *« J'ai une fille, j'ai une fille ! ! ! ! »*. Je suis papa, c'est la chose la plus importante au monde.

Aujourd'hui Mahé est née.

13 Juillet 1998.

Comme beaucoup de français, je n'ai pas dormi cette nuit. Comme d'habitude quand il y a un gros événement foot en Europe, Enrique a fait le déplacement et on a passé la soirée en loges ensemble au Stade de France. Champagne et caviar, comme d'habitude. Notre complicité se développe au fil de ces rendez-vous footballistiques réguliers, et il suit de près l'évolution de ma carrière et de ma vie personnelle.

Sous le ciel étoilé de la Plaine Saint-Denis, le rêve s'est accompli. On a gagné la Coupe du Monde. Un et deux et puis trois buts pour la France. France 3 Brésil 0. Oui, il faut le lire, le relire et se pincer pour y croire. Comme l'a dit le journaliste sportif vedette de TF1, « *Après ça, on peut mourir tranquille.* ». Je reproche souvent à Thierry Roland d'être cocardier, misogyne et un poil raciste, mais hier soir peu importe, il a touché juste.

Les politiques tous bords ou presque tentent de récupérer les miettes du gâteau. Zidane, le jeune maghrébin, est ce matin devenu français à part entière. La France devient « black, blanc, beur », notre pays symbolise aujourd'hui le succès et un modèle d'intégration réussie. J'imagine le fantôme de Karim en train de danser la gigue sur les tombes de quelques bien-pensants.

À la banque ce matin, on refait le match de la veille, gestes à l'appui. Deux buts sur deux coups de tête historiques propulsent mon Zidane en tête du classement des personnalités préférées des traders et même des Français. Tout le monde sort déjeuner pour célébrer ça. Tout le monde sauf moi. Je me trouve dans une merde abyssale.

Depuis six mois, on m'a confié la responsabilité d'un nouveau marché, le SMI, le Swiss Market Index, l'équivalent du CAC 40 en version suisse. Le marché monte depuis six mois non-stop et comme on dit dans notre jargon, je me fais « déchirer », parce que moi j'ai une vue baissière depuis le début. Et si ça continue, je risque mon job. Je me suis confié à mon boss qui m'a donné jusqu'à la fin du mois pour redrcsser la barre. El pour ça, il faut impérativement que la Suisse se mette à baisser.

Je ferme les yeux en caressant ma petite coccinelle en plastique et ma poupée en or. Mes porte-bonheurs. Voilà à quoi j'en suis réduit, une coccinelle et un bijou. Je devrais agir, regarder la réalité en face, mais au lieu de ça, je m'endors avec ma coccinelle et j'ai même une petite pensée pour le barbu là-haut. Je m'en remets à sa volonté en ignorant la règle de base du trader : jamais de voeux pieux.

Et pourtant, le lendemain, alors que la garden-party de l'Élysée bat son plein, des rumeurs négatives commencent à affluer. La fusion entre UBS et Crédit Suisse pourrait capoter, tandis que certaines banques suisses auraient des engagements très risqués en Russie. Le SMI finit dans le rouge, et les analystes pensent que ce n'est que le début de ce qu'il est convenu d'appeler un retournement de marché. C'est sûr, il va baisser et fort.

Dehors retentit comme partout Gloria Gaynor et sa chanson, que se sont appropriés nos tricolores pendant la Coupe du Monde. *« I will survive »* me redonne confiance. Cette chanson prend pour moi un relief nouveau. Oui, *« First I was afraid, I was petrified"*, mais en fait ce retour de marché prouve que j'ai raison depuis le début. Il ne me manque plus qu'un signe pour le prouver. Rien ne peut m'arriver, rien ne va m'arriver. Grâce à une chanson et à ma superstition, je me sens soudain invincible. Un ciel azur règne sur Paris, clairsemé de nuages blancs. J'y détecte un nuage en forme de coccinelle. Il y a un nom pour ça. Ah oui. PAREIDOLIE. Anagramme : DEPLOIERAI.

20 Avril 1999.

J'ai déployé toute ma connerie. Ça y est, c'est officiel. Je suis devenu un connard. Pas d'anagramme. Un connard riche, mais un connard. L'été dernier, le SMI a entamé un des plus grands plongeons de son histoire. L'indice a perdu jusqu'à 40% en quelques semaines, et j'ai fait gagner des dizaines de millions à la banque en mettant tous ces crétins de courtiers dans ma poche. Les courtiers, ce sont les intermédiaires qu'on utilise pour exécuter nos ordres sur le marché. Je les méprise, je les engueule tout le temps, mais bon, je n'ai pas d'autre choix que de passer par eux.

Après ça, je ne touche plus terre, je me sens sur le toit du monde, j'ai tout compris. Je ne compte plus la vie en centaines mais en millions. Je viens de toucher près de quatre millions de bonus. Combien m'en faut-il pour arrêter de travailler ? Je me pose cette question tous les jours, ça m'obsède. Matin, midi et soir, je m'absente dans ma tête. J'essaie bien de réconforter Isabelle qui déprime un peu, mais l'essentiel est ailleurs. L'important, c'est l'argent, et j'en gagne un paquet. J'ai tout compris, je suis le meilleur.

Le soir, je joue quand même mon rôle de père, je mets mon égo et mes obsessions de côté pour deux heures, et je m'occupe de Mahé aussi bien que je le peux. J'habite rue Edgar Faure, tout en haut du 15eme arrondissement, près de l'avenue de Suffren. Trois terrasses, vue imprenable sur la tour Eiffel qui s'illumine chaque heure en prévision du 31 décembre et du nouveau millénaire. Tous les soirs, je fais le même tour de magie à Mahé. Les yeux rivés sur ma Rolex, je fais le décompte des secondes qui précèdent 20 heures précisément. À l'instant parfait, je claque des doigts et la tour Eiffel s'allume sous les yeux émerveillés de ma fille. J'ai vu Hippolyte Girardot faire un truc similaire dans *« Un monde sans pitié »*, alors ça aussi, maintenant, ça m'appartient.

Aujourd'hui, je dois acheter un gâteau pour la première bougie de Mahé. Le marché suisse n'arrête pas de remonter depuis deux mois, et je suis de nouveau en difficulté. Mais j'ai eu raison l'an dernier, j'ai pris un gros bonus, donc je m'entête même si le marché continue à me donner tort.

Encore une journée où je perds une tonne d'argent. Raison de plus pour ne pas trainer au bureau. Alors, je rentre plus tôt que prévu, tout à ma joie de fêter l'anniversaire de notre trésor. En bas de l'immeuble, je croise un type un peu chétif, la trentaine, qui sort de notre hall avec une sacoche verte de chez Verbe. Je la reconnais parce qu'Isabelle a la même. Il a dû laisser un document.

— Salut ma chérie, ça va ? Mahé a passé une bonne journée ?

— Oui oui, elle va bien

— Pourquoi, pas toi ?

Silence. Alerte intérieure. J'en rajoute.

— J'ai vu un mec de chez Verbe sortir d'ici, il voulait quoi ?

Elle est face à moi, elle rougit. Isabelle ne rougit jamais, mais, là, elle rougit. Là, je sens que quelque chose cloche. Aurais-je raté quelque chose ?

— Oh, je t'ai posé une question. Il voulait quoi ce connard ?

— Arrête de crier Gabriel.

— J'arrête si je veux. C'est qui ?

— J'ai essayé de te parler vingt fois. Tu ne me regardes plus, tu penses qu' au trading et au fric.

— Isabelle, c'est qui ce connard ?

— Ce connard comme tu dis, c'est le type qui me baise. C'est toi qui es devenu un connard. Tu ne m'écoutes plus, alors j'ai été cherché du réconfort ailleurs.

Isabelle a dit ces mots terribles sans colère, sans émotion, sans passion. Sans regret non plus. Je fais une chute de huit mille mètres en trois secondes. Sans parachute. Je suis en morceaux, ma tête éclate, je veux hurler mais ma gorge est trop nouée. Je veux protester mais je suis paralysé, les bras ballants.

Moi le super trader, l'autoproclamé maitre du monde que je me suis construit dans ma tête, je n'ai rien vu venir. Aveuglé par mon succès et par cet argent dont je ne peux parler à personne, j'ai disjoncté. Et je me retrouve confronté à mes deux plus grandes peurs : ABANDON et TRAHISON. Pas d'anagrammes.

Mais qu'est-ce qu'il m'a pris ? Qu'est-ce qu'il m'est arrivé ? Qu'est-il arrivé à notre couple ? Ces questions s'abattent sur moi comme une avalanche de coups. Je suis K.O debout. Dans une sorte de coma cotonneux, j'entends Isabelle prononcer ces mots affreux :

– Ni toi ni moi ne sommes à la hauteur de notre enfant.

Et ce qui me fait le plus mal, c'est qu'elle a raison. Mon corps est glacial, j'ai un trou à la place du ventre. Je connais déjà cette douleur, j'ai de nouveau six ans, je suis impuissant face au mal que je ressens. Je crois que je veux juste crever.

Alors, comme toujours dans ces cas-là, je fuis. Je la plante là. Je cours de toutes mes forces, au hasard. Je cours sans réfléchir, sans but. Mes enjambées m'emmènent jusqu'à Montparnasse et je saute dans le premier train venu sans billet. Sans regarder la destination, avec la ferme intention d'y disparaitre à jamais. Je suis hagard, assis sur un strapontin à côté des toilettes. Le sort désigne Arcachon comme terminus du train.

Au sortir de la gare, je me dirige à pied comme un zombie vers la jetée du Moulleau. Au bout de quarante-cinq minutes d'errement, je me retrouve avec des gens qui font la queue devant une cahutte. Il reste une navette nocturne pour traverser le bassin en bateau, destination Cap-Ferret. Je n'ai jamais été courageux, et ça ne va pas commencer aujourd'hui. Mais là, il faut que j'en finisse avec moi-même. J'appelle maman pour lui dire de contacter Isabelle, de s'occuper de Mahé aussi, puis je balance mon portable pardessus bord.

À cet instant, j'estime mon espérance de vie à vingt-quatre heures.

– Monsieur, monsieur, réveillez-vous. Monsieur, vous m'entendez ? Monsieur ?

Un gamin est penché sur moi. J'ai très froid, je suis trempé et plein de sable.

Une bouteille de Jack Daniels vide se trouve sous ma jambe droite. Je suis sur une plage, au bord. Je reconnais l'embarcadère du Cap-Ferret. L'agréable odeur des embruns s'évanouit à l'instant précis où la langue d'un gros labrador noir me barbouille le visage. Deux hommes aux visages burinés s'affairent autour de moi et on m'enveloppe dans une grosse couverture pleine de poils noirs.

À cette heure matinale, le Pinasse Café n'est pas encore ouvert, mais on m'installe sur un des sofas avec beaucoup de précaution. Chocolat chaud fumant et regards compatissants accompagnent mon retour à la normale. Les gars vont faire l'ouverture d'ici une demi-heure, et une fois la peur passée, ils retournent à leur routine. Ils passent me voir régulièrement et m'annoncent que la patronne a été avertie, et qu'elle arrive vers 11h30.

Encore groggy, je profite des brumes tardives qui enveloppent le bassin et l'embarcadère du Cap-Ferret. Je me souviens m'être allongé au bord de l'eau dans la nuit, d'avoir picolé et rien d'autre. À l'évidence, je ne me rappelle pas tout.

– C'est mon fils qui vous a trouvé ce matin.

Caroline, la patronne du Pinasse, détonne un peu avec le stéréotype habituel des tenancières de restaurant. Cheveux blonds courts, la quarantaine, svelte et sans une once de vulgarité. Elle ne pose aucune question sur mon état, elle veut juste savoir ce dont j'ai besoin. J'ai besoin de me reposer et de ne voir personne. Elle acquiesce. Et elle aime les décisions rapides.

Cinq heures plus tard, me voici l'heureux locataire d'une maison côté océan, avenue de Bordeaux. Caroline possède plusieurs immeubles au Cap, et a décrété que cette maison serait la plus à même de *« m'aider à me refaire une santé »*.

Elle m'y accompagne et nous l'atteignons par la plage Océane La maison est invisible depuis le bord de l'eau, blottie derrière un pan de dune. On devine une petite tour à l'intérieure de laquelle se niche en réalité une des trois chambres. Le jardin de deux mille mètres carrés regorge de roses sauvages et de mimosas. Une belle piscine, un jacuzzi et un terrain de pétanque complètent l'écrin de cette ancienne maison de pêcheurs. Caroline me laisse les consignes de base sans s'attarder. À peine a-t-elle pris congé, je m'affale seul et désemparé face à l'immense cheminée. Aujourd'hui on m'a sauvé de moi-même, mais demain ?

17

29 Mai 1999

En mon absence, un jeune trader venu de la succursale de la BNP à Francfort a repris les commandes de ma position sur le SMI. Pas pour arranger les choses. Non, dans ce milieu, il y a toujours quelqu'un qui souhaite prendre votre place. Alors il m'a massacré. Sans beaucoup de subtilité, il a exagéré le plus possible l'ampleur de mes pertes potentielles et a fait valider ma position à un prix très détérioré. En termes simples, pour couper toute la position, il faut selon lui que la banque perde 9 millions de francs suisses.

Une fois nommé à ma place, il va sortir sa baguette magique de trader génial pour faire croire que la perte réalisée est très inférieure grâce à son talent. Fort de son succès minable de manipulateur de données, il ira voir sa hiérarchie pour se faire mousser et négocier son prochain bonus.

Un classique du genre.

On m'a donc appelé hier matin pour me signifier mon licenciement sur-le-champ, sans fracas. Ils me laissent partir dignement eu égard aux services rendus. Je n'ai rien à leur opposer, jamais je n'aurai dû m'entêter dans mes erreurs. Le manque d'humilité face aux marchés financiers mène toujours à des catastrophes. Je devrais être anéanti par cet échec professionnel, mais je n'en éprouve pas la force. J'ai privilégié l'argent et voilà le résultat. Isabelle m'a détruit et je crois qu'au fond, être viré de BNP, à cet instant, je n'en rien à foutre. Je souffre. Alors pour arrêter de souffrir, il va me falloir des gros pansements.

Je passe au Pinasse, voir Caroline comme tous les jours. On se raconte nos vies depuis un mois, et on s'apprécie. Ce soir, avec quelques employés fans des Marine et Blanc, nous attendons fébrilement le dénouement du championnat de France de foot 1998/1999. Pour être couronnés devant Marseille, mes Girondins doivent l'emporter à Paris, au Parc des Princes.

C'est tendu tout le match, et il y 2-2 à deux minutes de la fin. Le coach bordelais fait entrer un petit guinéen inconnu de 17 ans. En touchant ma fidèle poupée en or, j'essaie de marabouter ce petit gars, Pascal Feindouno. Et miracle, il marque à la dernière seconde. Bordeaux est champion, le Parc des Princes explose de joie car l'ennemi juré du PSG, Marseille, est le dindon de la farce.

Et dans l'enthousiasme, Caroline me roule une énorme pelle.

Après trois heures d'acrobaties nocturnes, je lui fais une demande abrupte et intéressée. À ma grande surprise, Caroline accepte de me vendre la maison que je lui loue. Premier pansement. Et puisque je vais *« si mal que ça »*, et qu'*« il ne faut pas enfoncer les gens en difficulté »*, elle me cède la maison à un prix inespéré. Je crois qu'en fait, je lui plais un peu. Non, ce n'est pas une femme comme les autres. Et elle a des principes.

– Gabriel, je m'en fous du prix de la maison. Je t'aime bien et tu as besoin d'aide. Si j'accepte, c'est que moi, personne ne m'a jamais aidée quand j'ai perdu mon mari. Ce qui t'es arrivé doit t'ouvrir les yeux. Cet été, je veux voir ta fille dans tes bras tous les jours. Avec ta femme ou pas, mais cette maison, elle doit marquer un nouveau départ.

– Je ne sais pas comment te remercier Caro. Je vais essayer.

Dans la matinée, j'appelle maman et Michel pour qu'ils viennent passer le dimanche avec moi. Avec Mahé. Et Jacky aussi. Ils rappliquent. Le café à peine avalé, maman m'expose les solutions toutes faites à ma situation. Et puis elle s'inquiète déjà.

— Mon chéri, Il va falloir que tu fasses attention à Mahé et nous allons t'aider avec Michel. Isabelle, elle t'a trahi toi, mon fils, alors elle ne te mérite pas. Des femmes tu en trouveras d'autres. Mais comment tu vas faire pour l'argent sans travail ? Tu sais c'est dur pour nous depuis deux ou trois ans. Et en ce moment ce n'est pas la joie sur le marché du travail.

Isabelle a déconné mais je l'ai bien cherché, et ça maman ne voudra jamais l'entendre. Je ne peux pas non plus lui dire que j'ai gagné plus d'argent en trois ans qu'elle pendant toute sa vie. Je ne sais pas comment admettre cette indécence absolue. Alors je compense.

— Ne vous inquiétez pas. Je vais retrouver du travail. Mais en attendant, surprise ! ! !

Sans crier gare, je leur mets sous le nez le compromis de vente de la villa griffonné dans la nuit et signé par Caro et moi. Et là, pour la première fois de ma vie, je vois Françoise, ma maman, pleurer. Je vois qu'elle repense aux papiers jaunes, aux vaches maigres, à Claouey, au fardeau d'avoir un frère trisomique. Elle embrasse Michel, elle embrasse Jacky, elle me serre dans ses bras. Entre ses larmes, je lui découvre un œil éclatant et un sourire nouveau.

Son fils a acheté une maison au Cap-Ferret, ses sacrifices de mère divorcée ont payé. Son fils lui a amené la fierté. Michel rayonne. Sans lui, rien de tout cela n'eût été envisageable. Sans lui, je serais très certainement près de Karim, en train de nourrir les vers du cimetière de la Grande Chartreuse. Alors, je mets Mahé dans la poussette, et bras dessus bras dessous avec Jacky, notre petite famille va faire une grande balade dans le centre du Cap-Ferret. On est chez nous maintenant, au milieu des bourges.

15 Février 2000

Dix mois entre Bordeaux et le Cap-Ferret s'écoulent ainsi. Avec Isabelle, nous nous partageons la garde de Mahé. La réalité, c'est que Mahé vit le plus souvent entre Gradignan et Caudéran et fait le bonheur de ses quatre grands-parents. Pour ma part je suis incapable d'assumer ma responsabilité de père. Je suis en lambeaux et je ne me sens pas armé pour faire face aux besoins d'un enfant de dix-huit mois.

Isabelle, quant à elle, passe le plus clair de son temps à travailler à Paris et vit chez son porteur de sacoches.

Moi, je fais comme je peux pour rester à flots. Même les galipettes occasionnelles avec Caroline peinent à me satisfaire tant ma libido est en berne. Je me suis refugié dans la construction de contrepèteries salaces. La préférée de Caroline c'est FELURE et NATATION.

J'essaie de tenir bon. Dans le garage, j'ai un sac d'entrainement de boxe, rempli de sable mouillé que j'ai drainé depuis la plage de l'Océan par le petit chemin d'accès direct derrière la villa. Tous les jours, je frappe à mains nues jusqu'à saigner en pensant à Sacoche. J'évacue ma rage ainsi. Et puis, trois fois par semaine, j'essaie de me retrouver, de me faire du bien.

Suite à une suggestion de Caro, je vais à Bordeaux pour bosser bénévolement. Elle est convaincue qu'aider les autres va me permettre de sortir de mon mal-être. Quand je me suis présenté en octobre, on m'a accueilli à bras ouverts aux Restos du Cœur. Chaque fois que j'y suis, je prends des leçons de vie. Souvent nous allons chez des particuliers récupérer des vêtements, des couvertures ou des sommiers. On a un camion de fortune mais la générosité des donateurs est tellement hors norme qu'on le remplit souvent à ras bord. Le midi, on mange sur le pouce entre nous. Étudiants, retraités, anciens profs, chômeurs de bonne volonté, hommes et femmes de tous milieux, ce melting-pot rocambolesque fonctionne. Les supermarchés nous envoient les produits à la limite de la date de péremption, on les trie et on les distribue.

Je suis toujours volontaire pour aller distribuer les repas en ville. J'ai l'impression de servir à quelque chose. Il y a vingt ans, la misère existait mais pas les Restos ni les Enfoirés. Bien dissimulé sous mon bonnet Chicago Bulls et derrière ma barbe de trois mois, j'observe la valse de ceux qui viennent simplement chercher à manger. Parmi les anonymes de mon quotidien, j'ai mes habitués qui répondent aux doux prénoms de Madeleine, Grégoire ou encore Victor.

La fierté et la honte dansent une drôle de valse dans le regard de mes « réguliers » lorsque pour payer leur repas, ils me donnent une pièce d'un franc ou deux. Je pense souvent à ma citation préférée, celle de Malraux : *« une vie ne vaut rien, mais rien ne vaut une vie »*. Ici, je touche du doigt cette vérité tous les jours. Et de cette vérité émerge une énergie faite de douceur et de dignité, une vraie leçon permanente d'humilité. Lorsque je leur tends un repas, ils me remercient avec chaleur.

Mais en fait ce sont eux qui me font du bien. Ce sont eux mes pansements. Malgré tout ce que j'ai vécu en accéléré, l'ascension puis la chute, ce sont eux qui m'aident à me reconstruire lentement au milieu de la simplicité de ces moments. Alors aujourd'hui, dans mon petit camion, je mets beaucoup de beurre dans les sandwiches. Parce que pour toujours en moi, il reste encore des traces du jambon d'York de Marius.

— Ça va Gaby ? Il fait frisquet à Bordeaux en février dis-donc.

La bouche qui vient de prononcer ces mots est surmontée d'une moustache fine et soignée. Engoncé dans une parka inhabituellement quelconque, Enrique me sourit.

— Finis ton service l'Archange, passe récupérer tes affaires à ton hangar, je t'attends au Régent, place Gambetta.

À peine rentré au hangar, Jean-Luc, le coordinateur, me fait signe.

— Gabriel, il y a un ami à toi qui est passé tout a l'heure. Il a apporté tout ça.

Je n'en crois pas mes yeux. Six iMac flambants neufs ornent la petite salle de comptabilité du centre.

— Il a dit que tu étais une star en informatique et que tu nous aiderais à la gestion des stocks, à contacter les gens, et à optimiser notre énergie. Tu sais vraiment faire fonctionner ces trucs Gabriel ?

Je reste sans voix. Enrique est venu à Bordeaux avec une intention. Me remettre en selle en mettant un terme à mon bénévolat de la façon la plus grandiose possible. La soirée qui s'ensuit confirme mon pressentiment.

— Gaby, je n'ai pas voulu interférer, je t'ai laissé du temps, mais un gars de ta trempe, à un moment, il faut que je le secoue.

— Un gars de ma trempe ? Mais tu rigoles. Je suis grillé sur les marchés, c'est un petit monde et quand un gars part par la petite porte comme moi, c'est mort.

— Arrête un peu ton numéro Gaby. Je crois que j'ai trouvé une idée.

Enrique ne parle jamais pour ne rien dire, alors j'écoute.

— Tu vas devenir courtier

J'éclate d'un rire incontrôlable.

— Moi, courtier ? Je suis tombé si bas que ça ? Ces espèces d'abrutis, ce sont des perroquets. Ils comprennent que dalle aux options, et les traders les engueulent à longueur de journées pour pas un rond.

— Tu as tort Gaby. Ce sont eux qui ont raison. Tes deux

courtiers préférés de ton époque BNP, Bob et Anthony, ils gagnent plus que ce que tu gagnes en un an. Et eux, à 17h30, la journée elle est toujours positive. Et le lendemain rebelote. Ils s'en foutent des mouvements de marché. À chaque deal, ils prennent leur commission, et puis au prochain aussi.

Je n'ai jamais envisagé qu'il puisse avoir raison. Mais quand Enrique communique une information, sa fiabilité ne fait aucun doute.

— Tu crois vraiment que ces ignares gagnent autant de fric que ça ?

— Je le sais Gaby, j'ai vérifié. Par contre, il faudra que tu fasses attention. C'est comme le milieu de la nuit, tout n'est pas rose. Tu vas entrer dans un monde très concurrentiel où ton business va dépendre du bon vouloir de tes clients. Un business où il y a beaucoup de fric. Fric, sexe et drogue sont rarement séparés. Alors attention.

— Tu sais que je ne toucherai jamais à ça. Mais pour bosser comment je vais faire ? Je te rappelle que je n'ai jamais cherché de boulot. Je me pointe la fleur au fusil, et je dis que je veux être courtier ?

— T'as intérêt à respecter ta promesse Gaby. Quant à trouver un courtier, il y en a bien un ou deux avec qui tu t'entends bien, non ? Tu ne perds rien à essayer en tous cas.

18

20 Août 2000

Je vais recommencer à travailler en septembre. Un gars sympa qui s'appelle Jérôme m'a tendu la main. Il fait partie des quelques courtiers que j'appréciais quand je bossais chez BNP. Il m'a offert un CDI avec une période d'essai de six mois dans leurs bureaux basés rue de Ponthieu à Paris. Pour ne pas trop m'éloigner de Mahé, j'ai même obtenu un poste de travail de dépannage sur Bordeaux, place Ravezies, pas loin des Restos du Cœur. Grâce aux IMac offerts par Enrique, avant de partir, j'ai pu les aider à faire un grand bond en avant. Fichiers de suivi des stocks, optimisation des flux, liaison avec les supermarchés, centralisation des données des donateurs, suivi des dépenses, tout fonctionne mieux qu'avant. Avec Jean-Luc, on s'est dit au revoir avec beaucoup d'amour et une soupe de légumes.

Beaucoup plus touchant que mes adieux à la BNP, c'est un euphémisme.

Malgré la perspective de retravailler, je vais mal, et encore une fois, je m'accroche à Joss, Huck, Arnaud et Manu, mes bouées de sauvetage. Cet été, ils sont venus deux semaines au Cap-Ferret jouer aux boules, boire du Pastis, et refaire le monde. Joss a une nouvelle copine, mon commissaire Arnaud s'est marié et est venu avec sa femme Natacha et sa fille née en 1998 comme Mahé. Huck et Manu ont prévu de se marier l'année prochaine. Huck à Toulouse et Manu à Londres où il vit avec une belle italienne adorable, Eva.

Quant à moi, j'essaie de me pardonner et de pardonner Isabelle. Je voudrais accepter mais je n'y arrive pas. On a tenté de se rabibocher, mais sans succès. Il faut dire que lorsque je les ai surpris elle et son bouffon en plein Bordeaux, le jour de mon anniversaire, les derniers vestiges de nous ont disparu.

Mais aujourd'hui, je fais ce que je sais faire de mieux. Je colle un sourire sur mon visage creusé, direction Paris pour de nouvelles aventures. J'ai rendez-vous rue de Ponthieu avec Jérôme et un certain Philibert, censé me montrer les ficelles du métier et m'accompagner dans mon nouveau rôle de courtier.

'— Salut Gabriel. Je te présente Phil.

Phil me tend une main ferme. Grand, type eurasien, des yeux noir brillant, un beau mec. Il doit avoir mon âge, mais il fait plus jeune. Jean Denim, T-shirt destroy, montre de luxe, j'aime bien. Pourtant, mon instinct est déjà en alerte. J'ai du mal à le lire et cela m'arrive rarement. Une fois les présentations faites, Jérôme s'éclipse.

— Alors, il parait que tu traitais le SMI a la BNP ?

— Oui. Avant j'ai bossé sur le floor et sur le CAC 40.

— Et comme ça, tu veux devenir courtier ?

— Je n'en sais rien. Un ami m'a conseillé d'essayer, Jérôme m'a tendu la main et me voilà.

— Tu as une bonne étoile, Gabriel Salvio. Ici, tu es plutôt bien tombé. Rue de Ponthieu, on fait à peu près honnêtement ce métier. Pas comme chez certains.

— Genre qui ?

— Tu as vu « *Un fauteuil pour deux* » avec Eddy Murphy ? Quand les deux frères propriétaires d'une boite profitent de délits d'initiés ?

— Ouais bien sûr, avec le rapport agricole pour manipuler le marché du jus d'orange. Les deux frères,

Randolph et Mortimer.

– Exactement. Eh bien, Randolph et Mortimer, ils existent à Paris, en chair et en os.

– Raconte.

Phil connait seulement les grands traits de leur passé. D'après lui, ces deux lascars s'enorgueillissent d'avoir vécu une success story dans le microcosme de la finance française. Randolph et Mortimer s'étaient rencontrés au début des années quatre-vingt.

– Nos deux Rastignac gravitaient souvent dans les discothèques branchées et friquées, et à force de tournoyer autour des mêmes proies, ils ont fait connaissance. D'après ce qu'on raconte, ils avaient une petite alcôve au premier étage, au-dessus de chez Régine, rue de la Boétie, juste à côté d'ici. Les mauvaises langues disent que l'un ramenait la mère et l'autre la fille.

– Juste des bons dragueurs quoi.

– Oui, mais au milieu de la décennie 80, leur coup de chance c'est que le Paris de la finance se réveille Gabriel. Les orientations politiques et économiques du pays changent. Ils ont vite compris les opportunités qu'allait faire naitre la modernisation de la Bourse de Paris.

– Je ne savais pas que Mitterrand voulait ça à l'époque.

– Évidemment que si. À la suite de la recrudescence de la concurrence entre les places boursières du monde entier, le système de cotation des valeurs à la craie est vite devenu archaïque. Jusque-là, le business était tenu par la Compagnie des Agents de Change.

– Des individus éminemment honnêtes j'imagine.

Phil se marre.

– Plus honnêtes les uns que les autres. Mais ils ont disparu progressivement pour laisser place au dieu CAC. On a transformé la Compagnie des Agents de Change en Cotation Assistée en Continu.

— Et là, le paysage a changé ?

— Et pas qu'un peu. Un autre CAC. Même acronyme mais grosses différences. Chez certains, on est passé du petit business à la Grande Truanderie.

Moi qui en aie vu quand même un peu à Brongniart, ça m'intrigue.

— Tu sais bien. Avant, t'avais des cotations à la craie sur un tableau. Ces cotations arbitraires et souvent manipulées, on a voulu les remplacer par des cotations informatisées et régulières dans le but d'introduire une plus grande transparence.

— Bon, ça c'est plutôt pas mal, non ?

— Oui, mais c'est aussi le début du Far West. Au moins avant, un petit cercle fermé de familles historiques se partageaient le gâteau. Mais avec le nouveau CAC, les appétits s'aiguisent et le nombre d'agents explose.

— Et c'est là qu'ils ont commencé Randolph et Mortimer ?

— Gagné. Ils ont monté leur société de Bourse. Et coup de génie, leur intuition, ça a été les options.

— Ah ouais, c'est eux les pionniers ?

— Carrément, et d'après ce qu'on raconte ils s'en sont mis vraiment plein les fouilles avec les calls.

— Dis-moi, comment des courtiers ont pu faire ça ?

— Ils ont eu une info comme dans le film. Ils ont acheté des calls sur une valeur. Ils ont déboursé une prime en sachant que le marché allait monter. Et même mieux. Ils savaient qu'en cas de hausse violente et rapide, ils allaient engranger des gains exponentiels immédiats et illimités.

— Tu te fous de moi. Et il s'est passé quoi, ne me dis pas qu'il y a eu une OPA ? !

— Ah ça ouais. Ils se sont pointés physiquement sur le pit pour acheter des calls sur Compagnie du Midi. Les calls qu'ils ont payé 2 balles, ils ont valu 25, trois jours plus tard, quand Axa a racheté la Compagnie du Midi via une OPA. Avec l'effet de levier, plus de 12 fois la mise. On pense qu'ils se sont faits vingt millions de francs sur ce coup-là.

— Et personne n'a réagi ?

— Pour un trader, tu es bien naïf Gabriel. Il a sûrement fallu rincer qui de droit pour que ça soit étouffé. Mais de toute façon, à l'époque, si on vérifiait, on vérifiait le volume d'actions. Puisque personne n'a acheté d'actions en trop grande quantités, il n'y a pas de scandale. Les options, c'était un coup génial.

— Et après ?

— À partir de ce moment-là, ils ont commencé à avoir beaucoup d'amis et beaucoup d'infos. Nos deux lascars ont capitalisé sur leur bonne fortune et leurs noms dans les cercles parisiens bien informés. La recette est simple et efficace : on partage les infos, on se positionne sur des valeurs dont les informations privilégiées laissent entrevoir un grand potentiel. On laisse enfler la rumeur qui devient plus publique et quand tous les gogos achètent, on vend en prenant son bénéfice.

Je suis abasourdi. Je comprends que c'est là l'origine du proverbe boursier *« Acheter la rumeur et vendre la nouvelle »*. Un proverbe qui fait froid dans le dos du petit porteur.

— Mais dis-moi Phil, ces gars-là, ils ont pignon sur rue encore aujourd'hui ?

— Plus que jamais. Depuis dix ans, ils ont pris de l'ampleur. Les volumes de transactions ont beaucoup augmenté, ils ont engrangé de solides bénéfices grâce à leur activité de courtiers. Ils nous concurrencent pas mal sur les options. Et puis tu sais, ce ne sont pas des bisounours. Pour attirer les clients, ils n'hésitent pas.

— C'est-à-dire ?

— Chez les courtiers, tout le monde le fait Gabriel. Quand

on a des clients un peu borderline, tout est bon pour optimiser le chiffre d'affaires. À base de sorties aux restos, de filles, de came, et de cadeaux en tous genres.

– Et j'imagine que Randolph et Mortimer ce ne sont pas les derniers ?

– Ne t'inquiète pas pour eux. En plus avec la bulle internet jusqu'à cette année, ça été jackpot pour eux. Ils ont fait le hold-up du siècle. Ils viennent de vendre leur boite à un prix exorbitant.

– Évidemment, avec la folie internet, c'était le bon moment pour vendre...

– Eh ouais mon gars. Après vingt-cinq années de turpitudes, les partouzeurs s'envoient en l'air avec chacun au bas mot 50 millions d'euros nets dans les poches.

J'en ai appris plus en deux heures sur le monde des courtiers que depuis que je suis entré à Brongniart. Phil m'a l'air à la fois smart et désabusé. On s'est quittés en se donnant rendez-vous le 2 septembre pour mon premier jour en tant que courtier. Broker comme disent les Anglais.

5 Septembre 2000

Première semaine d'acclimatation. Je n'ai toujours pas le moral mais l'idée de ce nouveau boulot me soutient. J'aime bien Philibert. Il m'a montré les locaux, expliqué les systèmes, présenté les gens du back-office. Nous avons convenu de commencer réellement lundi prochain. Pour l'instant, je vis à l'hôtel, mais ce soir il m'a invité à passer la soirée chez lui.

J'arrive dans son appart Boulevard de Sébastopol. Belle hauteur sous plafond, cuisine à l'américaine, super canapé Roche Bobois, et un immense rétroprojecteur.

Il déballe un énorme plat de sushis et de sashimis, puis il ouvre du chablis. Pendant qu'on mange, il allume le projecteur et il envoie la vidéo d'un concert. Le concert.

—Tiens Gabriel, écoute les lyrics, apprends, ça t'intéressera peut-être plus que la Bourse.

Il me regarde content de lui, il croit m'impressionner. Alors quand j'accompagne mot pour mot Joey Starr et Kool Shen sur l'intro du concert NTM Bercy 1998, il se fige.

– Alors comme ça, avec ta jolie petite gueule BCBG, t'écoute NTM Monsieur Salvio ?

– Ce n'est pas que j'écoute, j'adore. Ils coulent dans mon sang leurs lyrics. J'écoute de tout, mais ça, c'est limite dans mon ADN.

Il me dévisage. Il me renifle. Mon nouveau collègue me jauge et je vois bien qu'il hésite.

– Et ça, c'est dans ton ADN ?

Il a prononcé ces mots avec une voix rauque, presque bestiale.

Et en même temps, il a dégainé un petit papier plié en quatre dont il répand le contenu sur la table basse en verre. Il entreprend de faire deux longues traces blanches de poudre avec son American Express.

— Si on doit bosser ensemble et qu'on veut que ça marche, autant partir du bon pied. Celui de l'honnêteté.

Je repense à mon spliff aux Lucioles, je sais que je ne dois pas le suivre et je sais que je vais le faire. Alors je prends le billet de deux cents balles qu'il me tend, et je me fais une ligne, la première de mon existence. J'aspire d'un coup, sans m'arrêter. Toucher de nouveau à l'interdit m'excite. Je n'éprouve aucun remords immédiat. Au contraire, je suis avide de me faire une autre ligne. On se fait un karaoké énorme sur *« Laisse pas trainer ton fils »*. La coke nous désinhibe, et les morceaux de NTM aussi. Au fur et à mesure du concert, un sentiment étrange m'envahit. Le même qu'à Rome. C'est comme si je connaissais Phil depuis toujours. Lui aussi me semble décontenancé par cette proximité inattendue.Après qu'on s'est fait le concert en intégralité deux fois, il finit par baisser le volume. Je sens qu'il veut se raconter.

— T'es prêt à pas dormir Mr le trader ?

— Vas-y.

— T'es sûr parce qu'on n'est pas couchés.

Il teste. Il a besoin d'encouragements.

— Allez, raconte.

— En fait, je ne connais même pas mon prénom. Apparemment je suis né le 21 juillet 1969, le jour où ils ont marché sur la lune. Pendant qu'ils faisaient un grand pas pour l'humanité, moi à priori je suis né dans le transsibérien entre Oulan-Bator et Moscou. En tout cas, c 'est soi-disant dans la réserve à linge des couchettes de troisième classe qu'on m'a débusqué à l'arrivée en gare de Moscou. Ma mère m'a laissé là, au chaud, mais seul. J'essaie de me dire qu'elle était dans la lune elle aussi.

Je trouve sa blague nulle, il se marre comme un bossu.

— Né et abandonné dans un train qui s'appelle Trans-mongol, je démarrais dans la vie avec une bonne tête de vainqueur., tu ne trouves pas ?

Il se marre de plus belle. Je suis déjà bouleversé, mais je reste stoïque.

— Mes premières années ont été une succession de ballotages et de changements d'institutions. Ne me demande pas comment, mais j'ai fini par être vendu sous le manteau à un couple de riches bourgeois bordelais. En ce temps-là, l'adoption se faisait par des canaux bien particuliers, et pas très glamour. Mes adopteurs, ils appartenaient à une grosse famille bourgeoise, où historiquement, on marchande l'humain quand c'est nécessaire. La fortune de mes parents adoptifs et de leurs meilleurs amis, c'étaient souvent des héritages. Leur aisance datait de la belle époque du port autonome de Bordeaux. Tu sais, la belle époque des traites négrières du 18ème siècle, qu'on a joliment intégré au commerce triangulaire.

Oui. Je connais l'histoire compliquée de ma ville. Il fait une pause et se fait un énorme rail. Je l'accompagne avec gourmandise.

— Honnêtement, Gabriel, je ne me rappelle rien sauf que mes premiers ennuis ont commencé en 1974. Avec mes yeux bridés à l'école, j'ai été la cible de mes petits camarades de la société bordelaise bien-pensante.

— Je ne t'ai pas dit, Phil, je suis bordelais moi aussi.

Il se raidit.

— T'inquiète Phil, ces bordelais-là, je les hais.

Après un instant de silence, il reprend, visiblement prêt à tout lâcher. Je sens que ça risque d'être violent.

— Même le prénom, ils m'ont soigné. Non, mais sérieux, moi, Philibert ? Ils ont voulu faire genre, mais bon, ça n'a pas trop marché.

Il me raconte alors en ricanant comment ses origines mongoles lui ont valu tout un tas de sobriquets. Racisme plus ou moins flagrant, amalgame chromosomique, vraiment que de la tendresse. Il enchaine. Hilare.

– À la maison, ça a bien dégénéré aussi. Mon impuissant de père adoptif, son kif, c'était le ceinturon Moi, le bâtard au sang rare, tu sais O négatif, j'en ai pris pour mon grade. Je symbolisais son impuissance et je devais payer.

Je me contiens avec difficulté. De vieilles images malvenues viennent me détourner du récit de Phil. Il s'en aperçoit et il en rajoute :

– Un soir, ivre mort, cette ordure, il dégoupille. J'avais six ans. Il m'administre la plus grosse branlée de ma vie. Sa bourgeoise tente de me défendre, il la frappe et elle dégringole l'escalier. Tu te rends compte, pour la première fois, elle avait tenté de s'interposer. Un peu après, les flics sont arrivés. Morgue pour elle, menottes pour lui, hôpital pour moi. Je ne sentais plus ma tête ni mes jambes.

Le silence s'installe. Phil me touche terriblement. Il est drôle, honnête, brillant et sans illusions. Pour couvrir l'atrocité de certains souvenirs, il se marre. Je suis estomaqué par les parallèles de nos vies. Je me fais un grand rail. Il m'observe.

– Vas-y mollo sur la coke Gabriel. C'est moi la Narine d'or 1998.

Il ricane. Moi aussi.

– Tu es le premier à qui j'en parle. Je ne sais pas pourquoi j'ai gardé tout ça si longtemps, ni pourquoi je te le dis à toi, mystère. De toute façon, tant que j'y suis, ce soir, il faut que tout sorte Gabriel. Moi, je n'ai pas un prénom d'ange, et il vaut mieux.

J'opine. Ça l'encourage à continuer.

– Après cette fameuse nuit, et accessoirement dix mois de rééducation, j'ai été placé dans un foyer spécialisé, dirigé de main de fer par une mère supérieure en tout : supérieure en dureté, en intelligence, et en bonté aussi.

Elle était incroyable Gabriel. Il me semble qu'elle croyait plus en la femme qu'en dieu. Mais par-dessus tout, elle a cru en moi. Mère Marie m'a tout appris. De la lecture à la dictée, du calcul mental à la géométrie, de l'anglais au latin, elle veillait des nuits entières pour moi. Elle avait rencontré l'abbé Pierre, fait l'hiver 1954 avec lui, et participé activement à la création de foyers de secours comme le mien. Figure-toi que grâce à elle, en 1985, entièrement grâce à elle, j'ai obtenu mon bac en candidat libre. J'aimerai dire brillamment mais pas vraiment en fait. Bon, j'avais 16 ans.

Je ne crois pas aux coïncidences. Marie, comme mamie. J'en tomberai presque à la renverse. Je me reprends, je me refais une ligne, et d'un trait, je lui raconte toute mon enfance aussi. Il écoute incrédule, sans broncher, sans m'interrompre une seule fois.

On ne pleure pas. Seuls nos sourires brisent les rares silences. On s'ouvre une deuxième bouteille de chablis. Nous avons toute la vie pour tout nous raconter, mais là, ce soir, il y a urgence. Après m'avoir laissé finir sans un mot, on se retape une ligne gigantesque, et Phil reprend.

— Mars 1986. À ce moment-là, mon emploi du temps se composait alors uniquement de parties de cartes et de jambes en l'air. Tu vois, je ne me plaisais pas. Mais il ne m'a pas fallu longtemps pour que je découvre que j'attirais les filles, et plus encore les femmes. Pour moi, il n'y avait que deux types de femmes. Marie la sainte et les autres. Donc les autres je m'en foutais, et j'en ai profité pour développer une certaine virtuosité dans la séduction, le mensonge et la manipulation. Toutes les qualités d'un courtier, donc pas vraiment un ange tu vois.

Je ne fais pas de commentaire.

— Et en Mars 1986, j'ai quitté Bordeaux.

— Pourquoi ?

— Mon amour pour les petits bourgeois bordelais. Non, en fait, j'ai suivi mon instinct. Et pourtant, je peux te dire que la séparation avec mon ange gardienne reste à ce jour le plus grand déchirement de ma vie. Je ne pouvais même pas imaginer un au revoir alors j'ai déguerpi. J'ai pris littéralement la fuite un matin à 6 heures, sans me retourner, mais avec la certitude qu'une paire d'yeux me transperçait les omoplates depuis le dernier étage de mon foyer.

— Ça s'est passé comment quand tu es arrivé à Paris ?

— Tu aimes bien Aznavour ? Comme dans la chanson, je me voyais déjà en haut de l'affiche, mais la réalité a été brutale. Mineur et désargenté dans Paris, j'ai vite déchanté. J'ai dû me résoudre à des petits boulots dans la restauration, en mentant sur mon âge et en falsifiant des lettres de référence. Un beau matin d'Avril 1986, je me suis donc présenté pour une place de serveur dans un troquet de la rue du 4 septembre, tu imagines bien, reçu comme à l'accoutumée par un patron avenant comme une horde de rottweilers. Bien sûr, d'abord, il me dévisage d'un air soupçonneux et inquisiteur. Je sens que ma tête ne lui revient pas. Il s'apprête à me renvoyer illico presto, quand arrive sa rombière dans l'embrasure de la porte du petit bureau. Sur son ordre, le rottweiler a rentré sa queue entre ses jambes et disparu dans la crasse de son réduit. Figure-toi qu'elle et moi, nous nous connaissions déjà. Le monde est petit Gabriel. En fait, elle avait des amies sur Bordeaux et de temps à autre, elle s'octroyait quelques descentes en Gironde, agrémentées de virées nocturnes dans une boite un peu particulière, la Duchesse.

— Quoi, toi tu allais à la Duchesse ? Avec mes potes, on n'a jamais pu y rentrer !

Je connaissais la réputation des lieux. Des femmes riches, mûres et désœuvrées venaient y troquer leur dignité contre un peu de jouvence et d'excitation.

— Eh ouais, mec, entrée réservée aux beaux gosses.

Il est mort de rire.

— Ouais bon, tu as compris, c'est à la Duchesse qu'on s'est connus. Bien sûr, elle m'embauche sur le champ, pour servir en salle, et dans l'arrière-salle quand l'occasion se présente. J'ai reçu chaque fin de mois une gratification substantielle, proportionnelle à mes efforts en tous genres. Ce complément de salaire, c'était beaucoup moins glauque que quelques biftons laissés sur un guéridon d'hôtel après une soirée Duchesse, Deux mois se sont écoulés gaiement, mais j'attendais que mon heure vienne. Et, là, le 21 juin 1986, arrive. En plus de la fête de la musique, il y avait le quart de finale de Coupe du monde de l'équipe de France face au Brésil.

Je me revois à la MJC des Lucioles ce soir-là. Phil a capté mon regard songeur.

— Ça va j'ai compris, tu es comme moi, tu t'en rappelles comme si c'était hier. Platini qui marque sur une jambe, puis qui loupe le seul penalty de sa vie en bleu le jour de son anniversaire, et Fernandez qui nous envoie en demi-finale…

— Ouais, et après, en demi-finale, les Allemands nous encore niqués.

— Eh ouais, comme en 82. Mais bon, le soir du Brésil, on avait la télé dans le bar. En les servant, je sympathise dans l'euphorie avec un groupes de gars qui hurlent et qui parient sur tout. En fait, ils travaillaient en face, à la Bourse de Paris. Ils m'ont laissé un énorme pourboire et on a convenu de faire un foot le lundi soir suivant. On a joué, et c'est devenu vite évident qu'ils m'appréciaient autant pour moi que pour mon toucher de balle. Et c'est comme ça, que je suis entré à la Bourse bosser avec eux.

— Et c'est comme ça que tu connais toutes les histoires

que tu m'as racontées l'autre jour ?

— Yes. Et je n'ai jamais changé de boite. Je suis même passé à la table en 1993.

— Ah, c'est pour ça que je ne t'ai jamais croisé au Palais. Moi, je suis arrivé en 94.

— Ben voilà. D'ailleurs, depuis l'époque du pit je m'entends particulièrement bien avec un grand échalas d'1m 88, beau gosse, ultra blagueur, et qui a une réputation méritée de dragueur invétéré. Il bosse aussi dans notre boite, rue de Ponthieu.

— Ah ouais, il s'appelle comment ?

— Son nom, c'est Guevara. Évidemment, tout le monde l'appelle le Che. Je crois que Jérôme veut aussi qu'il bosse avec nous si le marché bouge.

On se fait un dernier petit rail pour conclure cette soirée particulière, on s'embrasse chaleureusement et puis je rentre à l'hôtel à l'aube en marchant. Ou plutôt en trottinant. La coke m'a fait pousser des ailes, j'ai les yeux grands ouverts, je suis chaud comme une braise. Arrivé à l'hôtel, je me jette sur le mini-bar pour m'enfiler un Twix. Je vérifie que la porte est fermée. Je fais défiler les films dispos en vidéo, mais il n'y a pas de vidéo pour adultes, pas de porno quoi. Déception surtout que je suis chaud. On va en rester au fantasme d'autant que mon sexe me semble recroquevillé comme jamais.

Faut que je vérifie que j'ai bien fermé la porte. Un petit coup de coca et je me loue Scarface. Ça me parait de circonstance. Je l'ai déjà vu mais pas comme ça. Je me fais une petite fiole de whisky du mini bar, je m'assure que j'ai fermé la porte de la chambre, et c'est parti pour trois heures de Tony Montana. Je gratte ce qui reste de poudre sur ma carte bleue pour l'accompagner dans son ascension, j'ai des crampes d'estomac tellement j'ai envie d'un vrai rail. Je me contente d'une fiole de vodka et d'une barre de Mars. Ah !

Faut que je ferme la porte de la chambre. C'est bon, j'ai dû le faire avant.

Tony meure, le film se termine, je n'ai pas du tout sommeil, et ma mâchoire est bloquée côté droit. J'ai fini toutes les fioles, toutes les barres chocolatées et j'ai faim. J'ai l'impression que ça fait quinze fois que je ferme la porte mais je dois le refaire. Je me sens bizarre, je sue et j'ai froid. Je gobe le plafond sans arriver à formuler une pensée. Il faudrait que je m'achète un sandwich mais l'idée de sortir de la chambre me terrifie. En me mouchant avec du papier toilette, je m'aperçois que mon nez saigne. Panique.

Ça s'arrête au moment où me vient une idée de génie : le room service. Il faut que je mange, mon estomac me semble vide et en même temps c'est un cratère de douleur. J'ai mal au bide, j'ai l'impression qu'on m'a frappé. L'histoire personnelle de Phil a fait remonter des souvenirs noirs que j'avais enfouis très profond. Des nuages très sombres s'amoncellent dans ma tête, je sens qu'une spirale infernale se met en marche.

Heureusement la bouffe arrive. C'est une orgie. Spaghetti Bolognese, Burger du Chef avec frites, gâteau au chocolat, et une bouteille de Chablis. Je ne suis pas certain d'avoir faim mais je gloutonne tout et vite jusqu'à l'écœurement. Voilà, mission accomplie. J'ai chaud, je me mets à poil. Je me traîne jusqu'à la salle de bains, je suis fatigué. Je me regarde dans le miroir en essayant de me branler, je me dégoûte. Tu m'étonnes qu'elle t'ait largué, regarde toi pauvre con. Je vérifie que la porte est bien fermée avant de m'éclater ivre mort sur le lit comme un déchet, et avec une certitude : cette fois j'ai exagéré, mais je vais recommencer bientôt.

19

13 Juillet 2001

Presque un an. Ça fait presqu'un an que je suis broker. On bosse super bien ensemble avec Phil et le Che. Notre marché phare s'appelle l'Eurostoxx 50. C'est l'indice calculé comme la moyenne des cinquante plus grosses actions européennes. L'Europe a adopté l'euro, les banques commencent à délaisser les indices nationaux (CAC français, DAX allemand, SMI suisse) pour se focaliser sur l'Eurostoxx. Nous sommes leaders des courtiers sur notre marché en croissance. Nos gros clients sont des banques françaises et américaines. Société Générale, BNP, Crédit Lyonnais, JP Morgan. Nos personnalités différentes plaisent dans l'ensemble, et on s'est fait même une petite réputation avec des surnoms comme les Trois Amigos ou les Cubains.

Enrique avait raison. Je gagne plus d'argent que comme trader, et avec moins de stress. Tout devrait m'aider à oublier Isabelle, mais je n'y arrive pas. D'autant qu'aujourd'hui, nous célébrons le mariage de Manu et Eva. J'ai pris un taxi depuis l'aéroport de Rome Fiumicino où heureusement on ne m'a pas fouillé.

La cérémonie a lieu à Castel Gandolfo, près de la résidence d'été du pape Jean-Paul II, Papa Giovanni. Nous sommes dans un village au sud-ouest de Rome, qui surplombe un lac sublime, tandis le soleil radieux inonde la petite place de l'église sous une chaleur torride.

La barbichette bien dessinée de Manu et son allure

impeccable accompagnent joliment la robe blanc immaculé d'Eva. Eva illumine de son sourire son chapeau blanc Givenchy, ses longs gants et sa petite voilette. Tous deux, ils rient et, mal à l'aise dans mon costard, je ne peux m'empêcher de penser égoïstement à mon malheur. Manu va compléter aujourd'hui le tableau de mes amis fraichement mariés alors que moi, je suis en plein divorce. Huck, Arnaud et Joss me semblent en grande forme, en compagnie de leurs femmes, prêts à défier l'avenir. Et moi je vais mal, très mal. Je fais un saut par les toilettes pour me décontracter. Je dois lire à l'Église un texte pour Manu, et un peu de coke soulage mon anxiété.

L'émotion me gagne durant ma lecture. Je lis lentement mon texte, *« je connais des bateaux »* en repensant à mon Manu de Victor-Louis et aux gamins que nous étions alors. Je termine ce passage péniblement et je pars me rasseoir. Durant la signature des registres, je remarque la présence d'un témoin, un rayon de soleil. Chignon brun haut, sourire magnifique, des jambes bronzées et finement musclées à n'en plus finir, une manière charmante de s'exprimer avec les mains, je suis stupéfait. Mes yeux la suivent de loin mais je n'en perds pas une miette.

Manu ne manque pas de repérer mon œil ébahi par la beauté et la classe de cette apparition toute de rouge vêtue. Et il me fait un résumé peu optimiste de la situation : Emmanuela Silvestri, la meilleure amie d'Eva, résidant à cent kilomètres à l'Est de Londres, dans l'Essex, mariée et malheureuse, mère d'une petite Emily de huit ans et demi.

Bref, aucune chance.

La soirée se déroule parfaitement au milieu des rires, des blagues et de quelques incompréhensions linguistiques. Le dîner est typiquement romain, à base de polpettone, de spaghetti alle vongole, d'osso bucco et de tiramisu. Je me détends finalement, et on picole joyeusement avec ma petite bande. Moi et mes boys, on découvre la grappa barricata, un digestif « pour les hommes » que nous sert inlassablement le barman. Il sait déjà que demain on se réveillera avec l'impression d'avoir un tomahawk au milieu du crâne.

11 Septembre 2002

Les Trois Amigos dominent de plus en plus le marché, on s'entend super-bien, je gagne du fric comme jamais. Tout devrait me sembler génial, mais mon problème c'est la coke. Ça fait deux ans que dans ma tête je ne fais plus d'anagrammes. Des grammes, en revanche, je m'en mets plein le pif. Avec Phil et le Che, nous partageons les mêmes démons et des grosses failles non résolues. Plus une soirée arrosée sans prendre de poudre et surtout aucune envie que ça ne change.

Il y a un an jour pour jour, on a vu s'effondrer les Twin Towers. En direct de New-York, sur toutes les télés du monde et sur celles de notre salle de marché. Prostrés devant nos écrans, nous avons assisté impuissants à la bascule du monde moderne dans une nouvelle ère. Le soir, je me suis défoncé pour oublier.

L'enquête sur de prétendues manipulations dans les jours précédant le 11 septembre a capoté. Le 10 septembre 2001, le New-York Stock Exchange a pourtant enregistré un volume de transactions record sur les achats de puts sur les compagnies aériennes américaines et les assurances. Le principe du put est simple : l'acheteur débourse une petite prime pour détenir ce produit. Si rien ne se passe, il perd la prime investie. Si le marché baisse, il gagne des sommes exponentielles, d'autant plus si le choc à la baisse est rapide et violent.

On peut dire que le choc fut rapide et violent. Les marchés se sont emballés à la baisse, la volatilité aussi, les volumes de transactions ont explosé. Notre activité en a profité largement et nous surfons sur cette vague depuis.

J'ai passé l'été 2002 au Cap-Ferret avec les potes comme d'hab. À part Manu, nous avons tous des gamins, et ils accaparent notre attention. J'ai passé du temps avec Mahé, avec maman, Michel, et Sophia aussi. Mahé a déjà quatre ans. Elle souffre de mon divorce avec Isabelle, je le vois bien. Et moi, je la vois comme une porcelaine rarissime. Précieuse et fragile. Je crains en permanence de la briser par maladresse, alors pour compenser, je lui passe tout. Je suis souvent désemparé en face d'elle.

Avec sa petite tête blonde et ses lunettes bleues rondes, elle m'appelle « *papa, papa* » cinquante fois par jour, preuve que je lui manque quand je ne suis pas là, et ça me crève le cœur. Elle souffre un peu à la maternelle à cause de ses lunettes et de son cache sur l'œil gauche. Elle a échappé aux forceps mais pas une cataracte de naissance, et on lui a implanté un nouveau cristallin. Elle hurle à la vue des blouses blanches.

Heureusement, maman, Michel et Sophia la couvent et leur relation avec elle me soulage. Je crois même en être un peu jaloux.

Les vacances avec eux m'ont fait du bien, mais je n'arrive pas à leur confier mon mal-être. Je sniffe en douce, et je me sens vraiment mal de leur cacher tout ça. Avec les potes, quand on se remémore des histoires d'avant, je commence à avoir des trous de mémoire et ça me fait flipper. Je fais semblant d'être bien, mais je crains toujours un saignement de nez inopportun, qui trahirait mon addiction à cette poudre infâme. Je me sens souvent seul avec ma honte et ma tristesse.

Parfois la nuit, des pensées sombres me font glisser le long des parois d'un puits sans fond. Alors, ce matin, j'ai décidé de m'évader, de demander une aide que j'espère salvatrice. À lui, je peux en parler. Je l'ai appelé hier pour lui confier mon addiction et ma détresse. J'atterris à Ibiza en provenance de Roissy.

— Enrique n'est pas là ?

— Non Mr Salvio, il vous attend à Na Xamena.

Quarante minutes plus tard, j'arrive devant le domaine du clan Morales. Le temps est sublime, aucun nuage, une légère brise plane sur la pointe de l'ile. Enrique m'attend dans le jardin. Café chaud, croissants, jus d'orange, margarine et confiture de pêche agrémentent joliment notre table ronde en marbre. Un géant au visage mat et en livrée me sert en silence un double expresso.

— Alors ? Quoi de neuf ? Tu t'es souvenu de mon existence Gaby ?

Ne pas répondre. Lorsqu'il est de cette humeur, surtout ne pas répondre. Dissimulé derrière ses lunettes de soleil d'un autre âge, Enrique évite soigneusement de me regarder.

— Tu m'avais promis Gabriel. Quand je t'ai encouragé à devenir broker, tu m'as promis de ne jamais toucher à cette saloperie. Et là, tu arrives la gueule enfarinée, parce que tu as besoin d'aide ?

Je ne dis rien. Mais mes larmes montent. Oui, je lui avais promis de me tenir éloigné de la coke. J'ai failli, et maintenant j'ai besoin de son aide. Tout seul, je n'y arriverai pas.

— Arrête de renifler, viens on va se balader.

On descend un petit chemin caillouteux qui longe la falaise en direction de l'hôtel Hacienda. L'endroit regorge de bougainvillées d'un rose-violet éclatant, les criquets criquettent déjà, la mer est d'huile, pas une ride ne vient la déformer.

— Gaby, tu vois la maison, juste au-dessus de nous. Elle appartient à un vieux belge parano, têtu comme une mule. Il y a beaucoup de travaux pour la transformer mais l'emplacement est magique

« Qu'est-ce que tu veux que ça me foute » sont les mots qui s'affichent dans mon cerveau. Au lieu de ça, je me tais. Je commence à avoir des crampes d'estomac, et je regrette

les deux rails que je me suis fait ce matin au réveil.

— Eh bien, pour un mec qui a besoin d'aide, tu es bien silencieux. J'ai beaucoup réfléchi avant d'accepter de te recevoir. Tu as trahi ta promesse et ça je ne peux pas l'accepter. Mais tu es aussi le seul à avoir les *cojones* de me faire part de ton manquement à la parole que tu m'as donnée.

Le chemin commence à tourner autour de moi. Je titube légèrement.

— Qu'est-ce qui se passe Gaby ? Tu ne te sens pas bien ?

Je reste muet, sans force. Je flageole.

— Tu as mal au ventre ou bien t'as le nez qui brûle, hein petit con ?

Il me regarde sadique, animé d'une colère sourde et noire. Je m'écroule dans la poussière des cailloux en jetant un dernier regard à l'horizon. *« Je ne peux pas laisser passer ça Gaby, pas ça »*, sont les ultimes sons qui me parviennent. À moitié inconscient, je sens qu'on me traine.

Angels. Ce mot clignote issu d'un néon rose translucide qui surplombe mon lit lorsque j'ouvre les paupières. Angels and Cowboys s'affiche maintenant en rose et bleu. On dirait une chambre de motel américain, ambiance un peu glauque d'un film des années 80. La literie m'apporte un certain confort, et une température idéale émane des draps de soie. Je me rappelle vaguement avoir discuté avec Enrique, puis plus rien. L'endroit serait presque charmant mais au fur et à mesure que je refais surface, deux détails flagrants s'imposent. D'une part, un bâillon recouvre ma bouche et laisse à peine passer l'air. De plus, je suis allongé complètement à poil, pieds et mains menottés aux barreaux du lit. À peine ai-je repris mes esprits que je commence à paniquer.

Environ deux minutes s'écoulent avant que la porte de la chambre ne s'ouvre. Je me décrispe tout de suite à la vue de trois bombes atomiques en petites culottes rouges et bottes de cuir noires infinies. Trois blondes explosives, des mannequins aux allures de top models, visages pleins de paillettes et seins nus parfaits.Malgré mon impossibilité de mouvements, je ne peux m'empêcher de penser aux paroles de *La fièvre* de NTM : *« Beaucoup plus bonnes que la plus bonne de tes copines ».*

Elles s'approchent lascives en se trémoussant bouteilles de champagne à la main et j'avoue ne rien comprendre. L'incongruité de la scène m'effare, mais surtout je me demande ce que je fais là et comment j'ai atterri dans ce délire érotique. Ça va bien se passer.

Les trois drôles de dames ont mis un morceau de *Chill Out Ibiza* du Café del Mar et se vautrent maintenant sur le lit. Leurs bouches s'emmêlent et passent à répétition à quelques millimètres de mon pénis, sans toutefois l'effleurer. Pour agrémenter l'instant, elles me font inhaler la coke la plus pure que j'aie jamais goûtée. Mon bâillon laisse filtrer des bulles de Dom Pérignon. Et ça recommence. Les langues qui s'approchent, une reniflade de chnouf, et des gouttes de champagne. Les filles agissent en silence, presque avec minutie. Au début, je suis excité comme un malade. Mais, au fur et à mesure que le temps passe, la répétition devient usante et très inconfortable.

Je veux que ça s'arrête mais elles continuent. Elles ont entrepris un long travail de sape. Je ne peux plus bouger du tout. Si bien qu'au bout d'un moment, mes yeux pleurent. Je veux que ça s'arrête, je me débats, j'ai chaud, je sue comme un porc. Les draps sont trempés, et je grelotte entre deux suées. Mais elles remettent ça, encore et encore. Ni mon cerveau ni mon pénis ne réagissent plus.

Je suis complètement défoncé. J'étouffe. Maintenant, j'ai réellement peur. Peut-être que moi aussi, je vais crever d'une overdose. Dans ce trou. Tout seul comme un rat.

Peut-être qu'Enrique avait tout prévu depuis le début. J'ai le hoquet, je vais m'étouffer et crever en vomissant. On m'enlève le bâillon. Après quelques rots infects, je m'en mets partout sur le menton et sur le torse. Cette odeur âcre de degueulis me fait gerber encore plus. Les trois blondasses sont maintenant au-dessus de moi debout sur le lit, sans culottes. Je m'attends au pire, je suis plus proche du naufrage que du fantasme. Qu'est-ce qu'elles foutent bordel ? Elles veulent ma peau. L'une m'asperge de miel et de mousse, les deux autres brandissent encore du champagne.

Elles m'en vident copieusement sur tout le corps avant d'hurler à l'unisson :

— Yaouh. And now, Golden Shower for the Golden Boy !

Et là, elles urinent. Elles me pissent sur le visage, le torse, le ventre et les jambes. Elles me pissent dessus autant qu'elles le peuvent, en riant de mon impuissance. Leurs urines se mélangent au le miel et à la mousse. Cette mixture dégueulasse colle progressivement à tout mon corps. Je voudrais me replier, rapetisser, mais je suis paralysé.

Les trois démons me quittent sans un mot, mais leurs regards sont sans appel. Elles me méprisent.

Après ces heures de lente agonie, je ne me souviens de rien. Sauf de la souffrance physique et morale. Le cycle qui s'ensuit m'anéantit : réveil dans mon vomi, corps inondé d'une pisse jaunâtre dégradante, tentative de me dégager de mes menottes, hurlements inaudibles, et retour à mon coma.

Zzzzzzz. J'ouvre les yeux, réveillé par un bruit de moustique. Les néons sont éteints. Je me trouve dans la pénombre. J'ai mal au crâne. Les menottes me font mal, je ne sens ni mes jambes ni mes bras, je suis toujours nu. L'odeur du vomi flotte encore mais on m'a nettoyé. Je suis en état d'alerte tant j'ai peur que la porte ne s'ouvre. Et au bout d'un temps indéfinissable, elle s'ouvre. Un colosse en tenue d'infirmier s'approche pour me faire ingurgiter de l'eau et une pastille verte, et sans un mot il disparait. Une petite lucarne laisse filtrer les premiers rayons du jour. Je ne comprends toujours pas ce que je fais là, je suis incapable de réfléchir.

Revoilà le colosse. Sans hésiter, il me force à inhaler une quantité énorme de poudre. En dix minutes, il a dû me faire prendre deux grammes. Il me laisse seul, désespéré et sans souffle. Les heures passent et j'ai l'impression d'avoir la mâchoire disloquée tellement je suis déchiré. Je saigne du nez. Ma langue colle à la partie supérieure de ma bouche, j'ai des crampes d'estomac et je grelotte des dents. Je voudrais revomir. Mon regard fixe de nouveau la lucarne. Longtemps. Puis au bout d'un temps infini, la chambre s'assombrit.Je dors et je ne dors pas. Je crois que je veux mourir. Je perds la notion des heures. J'ai perdu le compte des grammes que j'ai ingurgités. Ma routine est simple : infirmier, coke, eau et pastille verte. Et ça recommence au fil de l'alternance de la lumière et de la pénombre. Le temps est interminable.

Des dizaines d'heures défilent sans doute. Puis alors que j'ai perdu le fil de la notion du temps, mes yeux s'ouvrent sans effort. Quelque chose a changé depuis la dernière obscurité. J'ai l'impression que le colosse ne me drogue pas depuis quelques temps. J'ai moins envie de vomir. On m'a même vêtu d'un pyjama, et j'ai l'impression de ne plus être ligoté. Alors qu'il me tient la tête, il me semble que le colosse cherche à me glisser quelques syllabes de réconfort. Mais je ne comprends rien. J'ai cru distinguer un mot : *mañana.* Mais les muscles de mon cerveau ne fonctionnent pas bien. Je me laisse aller, je n'ai plus aucune volonté, je voudrais juste ne plus rien avaler ni respirer.

Lorsque le soleil se lève, ma bouche est presque normale. J'arrive à légèrement bouger mes jambes et mes bras. Je tente de m'asseoir au bord du lit. Mes pieds prennent contact avec le sol. Je fais pipi dans le pistolet en plastique à ma droite. À peine ai-je bu une gorgée d'eau, qu'entrent mon geôlier et un sbire. Ils me savonnent, me lavent, me revêtissent proprement d'un survêtement gris et d'un pull-over bleu marine. Puis ils m'aident à m'installer dans un fauteuil roulant. Je retrouve le monde extérieur.

Je dodeline doucement de la tête, bercé par les doux rayons du soleil. Le sommeil me cueille à nouveau.

« Café ? » est le premier mot que j'entends sortir de sa bouche. J'ai retrouvé ma chambre habituelle d'invité chez les Morales. Penché au bord de mon lit Enrique me tend une tasse fumante. Il a pris la précaution de se mettre à distance suffisante pour que je ne lui mette pas le nectar dans la gueule. J'esquisse un mouvement mais je suis trop faible.

— Allons, reste tranquille. Prends ton café tranquille. Apprécie-le lentement. Accorde-lui la place qu'il mérite. Des gens se sont cassé le dos pour en récolter les grains. Prendre conscience de cela, ça t'aidera peut-être à ne plus boire vingt expressos par jour.

Je sirote mon expresso en silence en essayant d'oublier mon mal de crâne.

— Bois un peu de jus d'orange aussi Gaby. Il n'est pas trafiqué comme celui de l'autre jour, tu ne vas pas t'évanouir.

Son rictus m'inquiète, mais mes défenses sont totalement en berne.

— Pourquoi tu m'as fait ça Enrique, pourquoi bordel ?

— Pour te sauver imbécile. Ça suffit la loi du tout ou rien de Gabriel Salvio. Je t'ai fait faire un saut dans le futur, ton futur. Ce que tu as vécu là, ce n'est rien en comparaison de ce qui t'attend. On connait l'histoire non ? Fric, drogues, putes, et cercueil. Gaby, si tu continues comme ça, tu finiras dans le mur avant tes quarante ans.

— Et donc t'as rien trouvé de mieux pour m'aider ? M'exciter, me droguer et m'humilier ?

— Non. Ma seule idée, c'était ça. Une cure d'intoxication absolue. Il faut que tu n'oublies jamais ce que tu as vécu ces derniers jours. N'oublie jamais les tréfonds noirs que tu as fréquentés toutes ces dernières heures. Je ne peux pas te perdre toi aussi Gaby.

Les mots se brisent et de façon inattendue il s'effondre sur le lit. Pendant de longues minutes, je le regarde pleurer. Il pleure plein de mini-convulsions, à chaudes larmes, comme un enfant puni. Il a perdu sa morgue habituelle. Je pose ma main gauche sur sa joue tiède et nous restons là, inertes, sans un mot.

Dans l'avion qui me ramène vers Paris, je regarde la paume de ma main. Avec cette cure d'intoxication comme il dit, Enrique a voulu m'aider, un peu comme un grand frère. Je repense à mon irresponsable de père. À l'âge de cinq ans, en cachette de maman, il m'avait fait avaler la fumée d'une Gitane sans filtre. Ça avait fonctionné, je détestais les Gitanes. Au fond, je me rends compte qu'Enrique m'a confié une mission. Devenir responsable. De moi, mais un peu de lui aussi, sûrement fatigué de me protéger. Je repense aux sens des mots. Je joue avec eux dans ma tête. L'humiliation pour retrouver l'humilité.

Puis je repense à Fantômette, à ses mots, et à ceux de Sartre aussi. Son Sartre adoré. La responsabilité. La responsabilité et la liberté. Je m'interroge. Liberté, liberté, liberté. Ah mais oui, y a une anagramme : bélître. Ça veut dire vaurien. Oui, c'est clair. Pour être libre, il faut vraiment que je me libère une bonne fois pour toutes du vaurien qui me ronge à l'intérieur.

20

21 Décembre 2002

La cure d'intoxication a fonctionné à priori. Même si je n'ai évidemment pas donné de détails à Phil et au Che, ils savent que dorénavant, je ne mordrai plus la ligne blanche. Ils se mettent d'ailleurs au diapason. Nous sortons beaucoup moins entre nous, et nous commençons vraiment à creuser l'écart avec nos compétiteurs courtiers.

En ce jour de solstice d'hiver, je suis dans l'Eurostar pour Londres. Eva et Manu m'ont proposé de passer le week-end à Londres avec eux, dans leur appartement de Camden Town. Après cela, ils doivent partir passer les fêtes de Noel, *Natale*, à Rome dans la famille d'Eva.

Je sonne au 252 Camden Road. Arrivé à l'étage, la porte s'entrouvre. Pas de Manu ni d'Eva. Ma bouche ouverte d'imbécile heureux trahit ma surprise. C'est Emmanuela, l'apparition de Castelgandolfo. Je suis foudroyé. Elle confirme l'impression laissée il y a dix-huit mois. 1m70, brune cheveux aux épaules, des yeux noisette, deux fossettes à croquer, un nez fin et parfaitement proportionné, et un sourire à vous mettre à genoux sur place. J'entends sortir de ma bouche avec horreur un « *Ah, it's you !* » qui m'assassine. Un « *Ah yes, the reader at the Church, Gabriel like the angel, right ?*" parvient à me ressusciter.

— But Eva and Manu are not here ?

— They will arrive soon. They have invited me for the week-end and I am early.

Malgré son sourire et son accent, je parviens à articuler un *« me too »* affligeant. Le soir, nous sortons tous les quatre dans un endroit branché de Soho, chez Momo. Emmanuela et Eva éclairent le dancefloor tandis que Manu m'update sur la situation. Emmanuela a initié une procédure de divorce, ça se passe mal, et elle est fragile. Comme c'est la meilleure amie d'Eva, il me demande de marcher sur des œufs. Un grand moment de solitude m'attend lorsqu'accoudé au bar, je m'aperçois qu'Emmanuela me regarde de loin, et mon premier réflexe me conduit à envoyer un lamentable petit salut de la main. Je finis le travail de sabotage de façon magistrale par le biais d'un pathétique *« already ? »* lorsqu'elle m'annonce son départ.

Quel bouffon. Je ne pouvais vraiment pas faire pire. Irrité par ma propre bêtise, je dors mal. Je me lève vers 8 heures, avec l'idée d'acheter des croissants pour Manu et Eva. À ma grande surprise, Emmanuela fume à la fenêtre de la cuisine.

— Caffe italiano ?

Elle me tend une tasse fumante pour accompagner son accent. Pas maquillée, en survêt, elle est sublime. Manu et Eva jaillissent en coup de vent, valises à la main.

— Mais Manu, vous partez déjà ?

— Mais oui, comme je te l'ai dit, on vous laisse l'appart, profitez-bien de Londres.

Il ne m'avait pas vraiment dit ça, mais j'apprécie. Avec Emmanuela, on décide d'aller se balader dans Central London. On passe devant Madame Tussaud à Baker Street, on traine dans Portobello Market puis à Selfridges sur Oxford Street.

La journée est fraiche, sèche, mais l'atmosphère nous convient à tous les deux. Emmanuela parle peu, mais avec beaucoup de franchise et de sincérité. Mon niveau en italien étant très restreint, voire nul à part pour les grossièretés napolitaines, on se confie en anglais l'un à l'autre. Sans fard. Plus les heures avancent, plus l'évidence s'impose. Elle m'intimide terriblement et moi je suis suspendu à ses paroles. Pour une fois, j'écoute sans essayer de faire des blagues nulles. Elle m'avoue qu'elle a perdu l'habitude de communiquer suite aux dernières années difficiles de son mariage. Elle a quitté leur domicile avec Emily sous le bras le 11 septembre 2001, le jour du World Trade Center, *« you can't invent that »*.

Elle s'ouvre sur ses blessures pour la première fois depuis longtemps, mais sans se plaindre, avec humour et dérision. J'aime tout chez elle. Elle me met tellement à l'aise, on se sent si bien que notre flot devient vite intarissable. Mon niveau d'anglais assez moyen nous oblige à des efforts mais on trouve ça charmant.

Nous avons envie d'oublier nos soucis et nos cicatrices l'espace d'une journée, même si c'est la plus courte de l'année. On court dans les rayons de Selfridges comme deux gamins pris en faute. On se marre devant un aquarium où un genre de piranha domine les autres. J'hasarde un *« That's your husband »* et elle se marre délicieusement. On sort dans la rue pour marcher à en perdre haleine. Les papas Noël et les guirlandes, les elfes et les enfants, mais aussi les chanteurs de Christmas Carol nous donnent à ces instants un vrai sentiment d'être les héros d'un conte de fées.En mon for intérieur, je pense à *« la Belle et la Bête »*. Alors, lorsqu'Emmanuela me saisit la main dans l'escalator, je retombe à un âge d'innocence, l'âge où l'on tremble avant de s'embrasser.

Il est 17h30, nous sommes le 21 décembre 2002, en bas de la rue devant Humleys, le plus grand magasin de jouets de Londres. Dans la rue résonnent les paroles d'une chanson de Madness, *Our House. Our house, in the middle of our street...* Oui, au milieu de cette rue, Emmanuela et moi, nous avons l'impression d'être chez nous. Nous nous embrassons pour la première fois. Je sens que, peut-être, ma vie vient de basculer du bon côté.

14 Mai 2003

En tout cas, elle bascule rapidement de l'autre côté de la Manche. J'ai vendu l'idée au Che et à Phil qu'il était temps pour nous de franchir le pas. Pas nés de la dernière pluie, ils m'ont cuisiné et il a bien fallu leur avouer l'irruption d'Emmanuela dans ma vie. Emily, sa fille de presque neuf ans, fait aussi partie de ma nouvelle routine.

Je partage mes week-end entre Bordeaux et l'Essex. Entre Mahé d'un côté, Emmanuela et Emily de l'autre. Emily et moi, on s'apprivoise doucement. On se fait des petits tests. Une fois j'ai fait semblant de dormir sur le canapé et elle m'a doucement protégé d'une couverture. Très difficile de réprimer un sourire. Un autre soir, nous dinions à Basildon. Je voulais absolument connaitre Basildon, la ville d'origine d'Alison Moyet et de Dépêche Mode. J'ai vite déchanté. La tristesse grise de cette ville m'a fait comprendre pourquoi ces jeunes gens rêvaient d'une vie ailleurs. Lorsqu' Emily s'est endormie au gastropub, je l'ai prise dans mes bras pour la ramener à la voiture, et elle a attendu deux mois pour m'avouer en riant, qu'en fait, ce soir-là, elle avait fait exprès et qu'elle ne dormait pas. Notre compatibilité flagrante soulage beaucoup Emmanuela. Mon arrivée dans sa vie l'aide à mieux gérer son divorce et l'amertume de son futur ex-mari.

Nous vivons une vraie lune de miel et ma volonté de vivre avec elle se précise chaque semaine un peu plus. D'ailleurs, aujourd'hui, veille de mes 33 ans, pourrait bien marquer un grand tournant dans la carrière des Cubains comme nous appellent les clients. Depuis plusieurs mois, diverses maisons de courtage londoniennes cherchent à nous débaucher de la rue de Ponthieu. Phil, le Che et moi, nous sommes des courtiers courtisés, c'est un comble. J'ai rendez-vous aux abords de Liverpool Street avec les responsables de chez Tullett Prebon.

La City grouille de monde, le bruit est colossal, il y a une vibe bien éloignée de l'ambiance feutrée du huitième arrondissement de Paris. Paris me semble un village minuscule face à cette mégalopole cosmopolite de London.Ici, les gens ne tournent pas autour du pot. John et Steven me collent un précontrat sous le nez, où sont stipulés nos salaires, nos pourcentages sur chiffres d'affaires, et une somme de bienvenue, un « welcome bonus ».

Bien décidé à négocier comme un chien, je descends les conditions proposées. Il n'y a rien à négocier. Je n'en reviens pas. Chacun de nous va doubler son salaire, quadrupler son pourcentage d'intéressement, et toucher une somme indécente juste pour s'asseoir chez un nouvel employeur. En prime, un BlackBerry à usage illimité pour chacun de nous. L'efficacité britannique. Manu m'avait prévenu qu'ici tout est *« business oriented »* mais là, quand même, je suis scotché. J'essaie de rester calme. Ça dure dix minutes en tout, je les remercie de leur offre, et je m'éclipse en leur promettant une réponse rapide. Je déguerpis pour ne pas sauter au plafond de joie. Phil et le Che hurlent au téléphone quand je leur annonce les chiffres. Oui, évidemment qu'on va signer.

Hébété par les montants, je titube jusqu'au MacDo de Liverpool Street où m'attend Emmanuela. Notre avenir dépend partiellement de l'offre du jour, et lorsque je déboule, elle s'inquiète un peu parce je suis tout blanc :

— Gabriel, amore, come andato, tutto ok ?

— Si, si.

Elle comprend que l'émotion qui m'assaille m'empêche de parler. Elle m'enlace de tout son amour et nous rions à grands coup de larmes. Je repense à Randolph, Mortimer, et le poing levé, je ne me retiens pas de lancer en l'air un vociférant :

— London à nous deux.

21

19 Juillet 2004

J'habite Hampstead, dans North London avec Emily et Emmanuela. Rien n'a été simple pour finaliser son divorce. Mais le départ inespéré du père d'Emily pour refaire sa vie à Los Angeles nous permet d'envisager l'avenir plus sereinement. Nous adorons notre appartement, dans lequel Emmanuela a mis toutes ses économies. « *All in* » comme elle dit. Sans le savoir, elle m'a posé une question fondamentale : moi, suis-je capable d'être all in, de tout risquer pour quelqu'un ?

Mahé a six ans et elle est venue à Londres la semaine dernière en Unaccompanied Minor sur British Airways. Emmanuela et Mahé créent déjà un rapport complice qui me soulage, car j'appréhendais un peu leurs premières rencontres. Je suis même surpris de leur connexion immédiate. Nos deux filles se connaissent à peine, elles s'apprivoisent, et la rivalité enfantine domine pour l'instant notre famille recomposée. Le paradoxe, c'est que je suis devenu le papa de substitution d'Emily mais que c'est elle qui me fait progresser dans ma relation avec Mahé. Notre vie sociale londonienne fait aussi la part belle à Eva et Manu. Ils viennent souvent à casa nostra pour un brunch dominical, mais ce week-end, je suis en business trip.

Avec Phil et le Che, on profite à plein de notre présence à Londres et de l'essor de notre business. L'Eurostoxx est devenu le « benchmark », la référence des managers en tous genres : Fonds d'investissements, fonds de pensions, fonds spéculatifs, assureurs et j'en passe.

Les banques ont donc investi de gros moyens sur l'Eurostoxx, les volumes ont explosé, et les commissions restent élevées. Avec les contrats que nous avons signés, l'argent que nous empochons nous sidère. Cependant, personne ne peut plaire à tout le monde et certains clients sont récalcitrants à nous faire confiance. En général, à Londres, Phil et le Che divertissent les réfractaires, en alternant les rôles de good cop, bad cop. Mais là, depuis un mois, nous sommes tombés sur un os, un os américain en provenance de New-York qui n'aime pas les Frenchies. Alors pour le gagner, nous avons décidé de sortir le grand jeu et de l'emmener en week-end dans l'antre d'Enrique. De fait, plus pour voir mon ami qu'autre chose, j'ai fait le déplacement à Ibiza.

Ce soir, grâce à Enrique, nous pavanons à la super table VIP la plus demandée du Pacha, environ à deux mètres des poll danseuses ultra-canon venues de toute l'Europe et triées sur le volet. Beaucoup d'envieux lorgnent sur nos montres, nos cartes Black American Express et nos bouteilles de Dom Pérignon. Tout pour les apparences alors qu'au fond, tous les trois, on s'en fout. Le Che, Phil, et moi nous nous sommes bien trouvés. Le Che a grandi à la Courneuve et il complète notre trio d'origine très modeste. Quand nous passons des soirées ensemble, on préfère plutôt l'ambiance kebab, bières, tarot et Playstation. Comme les gars de NTM, nous aimons « *refaire le monde avec notre vision décalée* » et rigoler simplement loin des artifices et des faux-semblants, en se rappelant que nous ne sommes plus *« prisonniers du nombre élevé des paliers ».*

Mais bon ce soir, business oblige, nous trônons là, attablés avec le ricain et son sbire junior.Les deux génies auto-proclamés rivalisent d'anecdotes, d'autocongratulation, de sectarisme, et d'égo mal placé.

Avec Phil et le Che, on évite de se regarder pour ne pas éclater de rire tant ils sont lourds.

Tout me déplaît en eux et pourtant je relance les deux relous en permanence. Par obligation commerciale, mais aussi par cynisme. Il faut dire que la réputation du ricain a précédé son arrivée à Londres. C'est un tueur sur les marchés. D'après les ragots, il bénéficie depuis cinq ans de la mansuétude de son employeur en ce qui concerne son addiction à la cocaïne. Avec le sachet qu'on lui a procuré, j'ai la conviction qu'il va faire des étincelles dès sa prise de parole. Il ne tarde pas.

— Hey guys, ça sent fort là, ça sent très fort même. Ça pue la *fucking money* de partout à cette table ! »

Phil appâte :

— Toi, t'es riche, nous on est nothing.

— Fucking right Phil. So good de voir tous ces gueux dans la fosse ! On devrait leur jeter des billets sur leur gueule pour qu'ils se battent, just for fun !

Le Che pouffe dans son coin. Il se lève de table et file tellement il est mort de rire. Phil hèle la serveuse pour qu'on nous ramène du Dom Pé. Elle s'approche en souriant. Chauve avec une crête rose, tatouage de dragonne, minijupe, piercing au nez, 1m 85, et un charme fou. Phil est amoureux direct. Le ricain disparait aux toilettes pour la troisième fois et revient au bout de cinq minutes. Il se touche le nez grassement et me fixe. Il me fixe avec un mépris puant.

– Dude, qu'est-ce que tu penses ? Tu crois que t'es comme nous toi, parce que t'es pas en bas dans la fosse avec les morts de faim. Mais les boss, c'est nous. Nous tes clients. C'est nous qui te donnons des ordres, on te jette des os, et toi tu fais ce qu'on te dit.

Quel connard. Je réussis un :

— Ben, yes, c'est le toujours le client le boss.

Il empile.

— Tu crois que tu vas acheter my business avec Ibiza, de la coke et deux pauvres putes. Gabriel ? Les dogs qui viennent du caniveau, je les détecte à trois kilomètres. T'essayes de te cacher mais t'es un clochard. T'es né dans la rue, tu pues le chien mouillé qui se prend pour un des nôtres, right ? Fucking french slumdog !

Je vois rouge. Le sang gicle de toutes parts sur ma chemise à fleurs. Ricain a le crâne ouvert par le magnum de Dom Pérignon avec lequel je viens de l'allumer. Il git. Il gémit. Aveuglé par la rage, j'écume tandis qu'on s'efforce de me maitriser avant que je le massacre pour de bon. Phil et le Che m'immobilisent. L'adrénaline retombe lentement, je m'effondre doucement, je crois que je perds conscience.

— Gaby, ça va mieux ?

J'ouvre péniblement les yeux. Je ne connais pas l'endroit où je me trouve. Il y a des photos de stars partout. Des clichés en noir et blanc de New-York envahissent les murs. Des photos de l'*Enchanted Garden* côtoient celles plus récentes de célébrités éphémères passées par Ibiza. Notamment, avec Enrique méga-jeune au second plan, on voit une image préhistorique des Rolling Stones, en bringue avec Bob Marley et les Wailers. Les Jamaïcains resplendissent en caricature d'eux-mêmes, énorme spliff en bouche. Franchement, une photo de Britney Spears en mini-jupe, comparée à celle des légendes, ça pique les yeux.

Sur une étagère en acajou, je reconnais des défenses en ivoire, un maillot dédicacé par Pelé, et dans le prolongement, trois piranhas barbotent dans un aquarium géant qui fait office de mur.

Enrique est la planté debout devant moi, entouré de sa garde rapprochée, une bague de Marines au doigt, son sourire enjoué, la bouche encombrée par son éternel cigare. Il est hilare.

— Alors, monsieur le broker-puncheur, on retrouve ses esprits ? Tu lui en as mis une bonne à cet idiot. On l'a mis dans l'avion de retour pour London ton ricain. Il a gigoté, il s'est débattu genre *« You don't know who I am »*. Ce con, il hurlait genre : *« Lundi, quand j'arrive to the bank, je vais tout raconter. On va porter plainte au FCA contre Gabriel, et à la police aussi. Il ne bossera plus jamais dans la finance et il ira en taule avec les autres slumdogs »*. Il a tout essayé, mais crois-moi il va être beaucoup plus docile le dude.

— J'ai déconné, c'est vrai. Tu lui as fait quoi ?

— Devine. Je lui ai mis sous le nez les vidéos de la nuit avec son nez plein de poudre, les filles qui le sucent dans les back rooms, et le happy ending de son junior. Je lui expliqué que s'il ne faisait pas exactement ce qu'on veut, ça sortirait partout dans la presse. Il a bien compris qu'il avait intérêt à nous obéir Gaby. Il sait que dans le cas contraire, il perd son job et sa femme. Il s'est pissé dessus ce *cabrán*.

Je hoche la tête faiblement.

— Allez souris Gaby, dorénavant ce sera ton plus gros client. Il va te parler beaucoup plus gentiment crois-moi. Et tu seras son plus gros courtier. Sinon, on le fera virer. Même pour lui, sa hiérarchie ne pourra pas fermer les yeux sur un dossier comme celui-là.

En parlant, Enrique s'est installé derrière un bureau rectangulaire, taillé dans le chêne et laqué impeccablement.

— Alors, mon bureau secret, il te plait ? Allez, bois un coup, Gaby. Ça se fête !

— Je ne sais pas comment te remercier mon ami. Ma cure, maintenant ça.

— C'est moi qui te remercie Gaby. Ça fait deux ans que tu ne touches plus à la poudre, c'est le plus beau cadeau que tu puisses me faire. Tu reconstruis ta vie sur des bases saines. Emmanuela, Emily, Mahé, tes parents, du good business clean, c'est ça qui importe.

En disant cela, Enrique pivote sur son siège, tandis que la paroi située derrière lui s'entrouvre lentement. Au bout de quelques secondes apparait la porte blindée d'un coffre-fort évident.D'un geste trop théâtral, il accompagne l'ouverture du mastodonte, et me lance un tonitruant :

— Tu vois, moi, mon surnom, c'est Alibaba. Sésame ouvre-toi !

De ma vie entière, je n'ai jamais vu autant de cash. Je n'ai jamais pensé que ça pouvait exister sur un si petit périmètre. Des liasses de grosses et petites coupures entassées en deux grands groupes flagrants : euros et dollars. Mon estimation approximative s'élève autour de dix millions en cash dans chaque devise. Je repense au film d'Ali Baba avec Fernandel sur son chameau, et je me sens encore plus niais que lui.

— En parlant de clean business, je vais avoir besoin d'aide Gaby.

Je me déniaise dans l'instant. Le blanchiment, c'est non.

— Enrique, tu ne peux pas me demander de faire ça.

— Je ne te demande rien, je veux que tu réfléchisses à un moyen de rendre cet argent légitime.

— Ils sont connus les moyens Enrique. Faire des travaux de rénovation au noir sans TVA, faire des gains et pertes dans un casino complaisant, investir dans des blanchisseries.

— Je n'ai pas besoin de toi pour ça. Ça je sais faire tout seul. Non, sur les marchés, il y a bien des combines non ? Il y a mille milliards de dollars qui sont blanchis annuellement. D'ailleurs, on m'a proposé un truc aux Etats-Unis. Il parait qu'il y a un magicien de Wall Street qui fait des miracles, il propose des rendements de annuels de 8% à 12% et il accepte le cash en dépôt. Par contre, minimum de 5 millions de dollars.

— Enrique, les miracles ça n'existe pas et les magiciens

encore moins sur les marchés. Charles Ponzi, ça te dit quelque chose ?

— Non.

— C'est un petit escroc italien qui a inventé le système de la pyramide vers 1920. Tu promets aux gens de doubler leur capital en quelques années. Ils te confient leur argent, et au début tu leur redonnes genre 10% d'intérêts et pas le capital. Avec le bouche-à-oreille, le nombre d'investisseurs augmente, tu ramasses plus de capital. Tu refais le coup une ou deux fois, et tu te barres avec tout le capital moins les quelques intérêts que tu as versés. Le truc génial, c'est qu'en général, ceux qui ont investi en cash n'ont pas trop envie d'attirer l'attention du fisc, et donc, ils perdent tout sans porter plainte.

— Ouais, mais ces escrocs-là, on les retrouve toujours.

— Ah ben, oui, et parfois en pleine lumière. Ponzi, après avoir plumé tout Boston et fait trois ans de prison, il est rentré en Italie. Pour exercer au sein de la section financière du gouvernement de Mussolini ! Tu le crois ça ?

— Ok Gaby. Donc le gars aux US là, c'est une arnaque, j'oublie ?

— Ça me semble plus sage.

— Et qu'est-ce que je fais de tout mon cash, je le brûle ?

— Je suis certain que tu vas trouver des moyens très futés pour investir et te diversifier encore. Mais ne crois pas aux vendeurs de rêves, et reste dans l'économie réelle, c'est mieux. J'ai un ami qui vend des vins introuvables. Achète-lui des très grands crus par exemple, comme ça on les boira ensemble ! Pour ça, aucun problème, je peux t'aider !

— Ça y est Gaby, tu es vraiment devenu un courtier. J'abandonne ici et maintenant tout espoir de faire de toi quelqu'un de recommandable. Bon allez, va pour les grandes bouteilles ! Comment il s'appelle ton ami ?

– Denis, mais son surnom c'est Dionysos évidemment !

22

15 Septembre 2008

– Gabriel, pick up BNP now !

Celui qui me hurle dessus s'appelle Ronald. Avec Phil et le Che, on l'a recruté il y a quatre ans exactement, et son plus gros donneur d'ordre, c'est notre ricain favori. Ronald nous a accompagné dans notre expansion et notre succès. Filiforme et athlétique, il parle quatre langues, et surtout il est fin et intelligent. Il englobe toutes les qualités d'un super broker, c'est un caméléon. Il peut diner dans un restaurant trois Etoiles et parler culture et philosophie avec un boss de trading d'une grosse banque pendant des heures, avant de passer le reste de la nuit à s'enivrer et montrer ses fesses à des traders juniors et des market makers. Il sait lire les gens, il dégage une énergie infinie, il me rappelle moi plus jeune.

Heureusement qu'il est là aujourd'hui parce qu'avec le Che on est débordés. Phil a pris une semaine de vacances avec sa femme et ses deux filles à Saint Tropez et là, ça tombe très très mal. Le marché chute de façon vertigineuse depuis le début de l'année et nous on se gave. L'ironie du métier de broker options, c'est que plus les marchés s'agitent, plus les risques et les volumes traités augmentent, plus nous facturons. Et l'année 2008, pour nous c'est du pain béni. Ça a chauffé dès le mois de janvier. Société Générale a dû dénouer les positions extravagantes prises par un de ses traders, Jérôme Kerviel.

Dès l'été 2007, Kerviel avait initié de grosses positions

vendeuses en misant sur la baisse des marchés en raison de la crise immobilière se profilant aux USA. Le marché avait baissé lui donnant raison, et il avait masqué l'énormité de ses gains via des opérations perdantes fictives facilitées par un courtier complice. Certain de sa martingale, l'inconscient avait décrété la fin de la crise et décidé que le marché allait remonter à partir de fin décembre 2007. Avec le milliard et demi d'euros de matelas dissimulés, il s'était vu trop beau, invincible.

Cinquante milliards d'engagements. Cinquante milliards d'encours, il faut se pincer pour y croire. Il avait risqué dix ans de résultats nets du groupe Société Générale. Le marché a plongé, et le déni infini conjugué à la malhonnêteté intellectuelle ont couté plus de cinq milliards d'euros à la Société Générale. On reproche à la Société Générale d'avoir massacré la vente de la position de Kerviel en trois jours, mais la réalité c'est que la banque aurait fait faillite sans cette réaction ultra rapide des décideurs. Depuis janvier, ça ne fait que baisser. Il n'y avait d'ailleurs aucune alternative. Quand les limites de pertes sont atteintes, il faut toujours couper les positions.

Et aujourd'hui, alors que les marchés actions mondiaux ont perdu 30% depuis janvier, il y a encore plus le feu. Dans notre immeuble de Bishopsgate près de Liverpool Street, notre floor de 700 brokers génère un niveau de décibels encore jamais atteint. Ça court, ça hurle, ça en vient même aux mains entre collègues d'un même desk.

— Gabriel pick up the Man at BNP bordel !

Normalement, quand le trader de BNP m'appelle pour donner un ordre, je ne le fais pas attendre. D'autant qu'il fait partie des rares clients qui sont aussi devenus des amis. Quand l'histoire Kerviel est sortie, nos potes de Société Générale ont pu compter sur nous. Nous avons fait notre maximum pour les aider. Avec BNP, c'est pareil. Dans un marché chaud comme ça, The Man a besoin de nous. Je suis proche de lui aussi, et on a réalisé ensemble un vieux rêve commun : la finale du Superbowl, à Phoenix en février. Nous avons vécu en live une des plus belles finales de football américain de l'histoire, émerveillés comme des gamins, et on a même pris la voiture jusqu'à la limite de l'Arizona, pour faire la photo mythique des fameux Four Corners.

Mais là, l'heure est à la folie. Je n'arrive plus à suivre tout ce qu'on mon desk traite depuis deux heures. Trop d'ordres affluent, trop de deals restent à finaliser. C'est infernal. Je prends quand même BNP au combiné, à l'oreille, pour essayer d'entendre convenablement son ordre. The Man parle vite. Le ton de sa voix semble calme et pourtant il me passe un ordre monumental. Je dois acheter une taille illimitée de PUTS en payant presque « at best », ça veut dire sans limite de prix. Et vite. Il faut tout de suite le dire à mes gars, car nous avons besoin de parler dans la seconde à tous les vendeurs potentiels.

— Guys, listen.

Ni le Che ni Ronald ne m'entendent.

— Guys, listen to me, putain !

Un combiné sur chaque oreille, en train de taper sur l'écran, mes acolytes sont à la fois blancs et rouges de panique et je n'arrive même pas à leur transmettre l'info cruciale de l'ordre BNP. Pourtant, j'essaye en gesticulant. Rien n'y fait. Alors, moi et ma chemise blanche tachée de café, on saute sur mon desk. Mon IPhone s'éclate par terre. Je suis debout sur la table, au milieu des ordis, au milieu du brouhaha, et je m'entends brailler de toutes mes forces.

— Putain de fuck ! December 3200 puts, buy everything you can, at any fucking price !

Et je répète en hurlant. Plutôt en rugissant comme un sauvage. Je me bousille les cordes vocales et je recommence pour qu'ils m'aient bien compris « *....at any fucking price ! !* ». Un son brutal et animal sort de ma gorge. Je suis là, debout sur un desk, vociférant comme si j'avais perdu la raison. Là, ils m'ont entendu. Ils me dévisagent en silence.

Silence. Bizarre. Je me retourne vers le reste du floor où sept cents brokers ont cessé de parler. Mon œil valide photographie l'hérésie de cette scène. Je vois l'intégralité du floor de Tullett, le geste figé, les mains en l'air, arrêt sur image. Chaque individu de ce trading floor me fixe les yeux écarquillés. Pour deux secondes, je suis un dingue en liberté. Pour deux secondes, j'ai figé l'univers de sept cents personnes. Et en deux secondes, le marché reprend ses droits. Le brouhaha repart de plus belle.

Sur ce trading floor comme tous ceux du monde entier, au milieu des hurlements, des débuts d'ulcères, des risques de crises cardiaques, et des addictions en tous genres, rien ne peut arrêter la machine. Jamais. L'adrénaline est trop forte, elle emporte tout. Chaque jour, chaque acteur de cette comédie inhumaine peut se perdre, emporté par la course au pognon. Mais encore plus que l'argent, l'addiction à l'adrénaline nous sublime. Ici, dans cet antre, on oublie tout, on prend des risques, on devient invincible et invulnérable. Je ne connais pas d'équivalent dans la vie normale. Chacun se croit indispensable, nous sommes infatués de nous-mêmes, on est tous accrocs.

Pourtant, aujourd'hui, c'est une leçon. Aujourd'hui, ce qui provoque la panique, c'est justement la faillite d'une des plus anciennes banques américaines, Lehman Brothers, que l'on croyait « too big too fail », trop grande pour tomber. L'économie mondiale est au bord du chaos. Le capitalisme financé par l'ultra-endettement atteint ses limites. Déjà, il y a plus de quinze ans, mon mémoire de maitrise sur l'endettement aux USA avait séduit Bertonèche. Je trouvais déjà le ratio d'endettement des ménages alarmant et le financement de la croissance par la dette me semblait avoir ses limites.

Mais quinze ans ont passé, et en termes de niveau d'endettement, le monde a changé de dimension. La bombe à retardement de la bulle immobilière financée entièrement par la dette vient d'exploser. Et cette dette est devenue incontrôlable en raison de l'effet de levier. Pour chaque dollar de capital réel, Lehman Brothers en a emprunté 30. Emprunté des montants colossaux à d'autres banques au taux d'intérêt interbancaire.

La baisse du marché immobilier aux USA a généré des faillites personnelles, des défauts de paiement, et donc une crise de liquidités. Les banques ont de plus en plus hésité à se prêter entre elles, et les taux d'emprunt ont grimpé.

Depuis un an, le marché vit sous perfusion. En mars, JP Morgan a dû racheter Bear Sterns, une autre vénérable banque américaine exsangue. En août, Lehman a annoncé 3 milliards de pertes et surtout 10 milliards d'augmentation de capital. Augmenter son capital signifie récolter du cash immédiatement en émettant de nouvelles actions. À la fac, Bertoneche nous avait expliqué qu'à l'origine, les marchés actions avaient été créés pour ça. Une société émet des actions et récolte du cash en contrepartie de la part d'un investisseur. Mais dans le monde financier d'aujourd'hui, les transactions spéculatives représentent 95% des échanges.

Les spéculateurs ont supplanté les investisseurs. Et aujourd'hui beaucoup « perdent leur chemise » comme on dit. C'est triste mais pour certains, je ne ressens aucune pitié. Depuis des mois, l'action Lehman est en chute libre. Et juste avant le week-end, elle est tombée à 3 dollars. Cette fouine d'Ali m'avait appris à l'époque un vieux proverbe boursier : *« on n'essaie pas de rattraper un couteau qui tombe »*. Sur mon floor, quelques courtiers sans vergogne ont acheté pour leur compte personnel des actions Lehman en se gargarisant de leur bonne affaire. *« À 3 dollars, Lehman c'est cadeau »*. L'idée n'est pas de soutenir l'action et d'empêcher le pire. Non, l'idée c'est de revendre dès que ça remonte avec un profit confortable. La curée des vautours quoi.

Ce soir ils la ramènent moins autour de nous. Leurs mines déconfites de petits spéculateurs à deux balles me feraient presque plaisir. Mais ce soir, je sais qu'un de mes amis a le cœur brisé. Après des études brillantes, il a gravi tous les échelons de chez Lehman Brothers à force de volonté et d'intelligence. Il gère tout le trading de la branche londonienne de la banque et voir ses employés et amis sortir de l'immeuble avec leurs cartons sous le bras, ça a dû le détruire. Il a la réputation d'être juste et intransigeant, mais je le connais dans l'intimité. Peu de gens sont au courant de notre proximité et je peux témoigner que son intégrité n'a d'égale que sa générosité. Je vais le laisser tranquille ce soir.

Je suis lessivé et je quitte mon desk vers 20h, alors que le marché a clôturé il y a trois heures. On a facturé plus de 300 000 euros de courtage aujourd'hui mais c'est secondaire. J'ai tellement stressé que je peine à respirer et à marcher sur le pont intérieur de la gare de Liverpool Street. L'endroit m'apparait sinistre et calme, car l'heure de pointe des trains des banlieusards est passée. Mon IPhone endommagé vibre dans ma poche. C'est Phil.

— Gab, ça va ? Ça a dû être la folie aujourd'hui non ?

— De la dinguerie mec, je suis mort. Je sors à peine du taf.

— Et demain, comment vous allez faire ?

— Je ne sais pas Phil, on a frôlé les catastrophes plusieurs fois aujourd'hui.

– Eh bien, moi je sais mon Gab. Je suis à l'aéroport de Nice, j'ai chopé un Easyjet. Demain je suis là.

Je voudrais le remercier mais je n'arrive pas à articuler un son. Je grommelle quand même un ou deux mots. Je raccroche en regardant le ciel. Je me laisse glisser contre la paroi du pont en verre de la gare et je craque. Je sanglote un temps qui semble infini sans pouvoir me contrôler. À cet instant, je me sens vulnérable. Parce que mes nerfs ont lâché. Parce que je ne peux pas faire face à tout. En tout cas, pas tout seul. Et, là ce soir, ça fait un bien fou de savoir que je ne suis pas seul.

21 Décembre 2008

Ce soir, réunion de nos bonheurs tous les quatre chez Phil. On sait qu'on va prendre un chèque monstrueux pour les trois mois de folie qui viennent de s'écouler à la vitesse de la lumière. Alors, pour fêter ça, énormes kebabs dégoulinants de sauce piquante, grosses frites à l'ancienne préparées par le Che, bières et margaritas à profusion. Comme d'habitude, aucun d'entre nous ne pourra partager avec personne les montants astronomiques de nos bonus. En prime, Tullett nous fait un pont d'or pour rempiler cinq ans. Nous sommes devenus des marchandises, comme des footballeurs. On en profite autant qu'eux mais dans l'ombre. D'autant que le monde financier tente d'échapper au chaos définitif. En septembre, alors que Lehman n'a pas été sauvé par la Fed, celle-ci a aidé Bank of America à racheter Merrill Lynch pour éviter le pire. Les marchés sont en éruption, certaines banques annoncent des pertes colossales, tandis que d'autres s'en sortent mieux.

Et nous au milieu, nous engrangeons le jackpot financier, au prix de notre santé physique et mentale. Ce soir le débat porte autour du film à regarder. On va éviter Scarface. Phil pense que c'est un film moyen transcendé par le génie d'Al Pacino et je suis d'accord. Et puis bon, on va éviter.

Nous avons besoin de décompresser, de se retrouver entre nous, pour sceller un peu plus cette amitié qui fait notre force. Cette amitié, c'est notre plus grande arme, celle qui nous distingue de tous les desks de courtiers concurrents. Chez les autres, les collègues se cachent des informations pour essayer de toucher individuellement la commission de l'acheteur et celle du vendeur. Si un courtier a un d'ordre d'achat « at best », il cherchera un vendeur parmi ses propres interlocuteurs, quitte à payer trop cher. Au final, il prend les deux commissions au détriment du niveau d'achat et aussi d'autres vendeurs plus compétitifs.

Alors que nous, nous essayons toujours de trouver le meilleur niveau de prix d'exécution pour tous et cela fonctionne. En pensant à ça, je me dis que le père Dumas n'est jamais loin. Un pour tous et tous pour un. Surtout dans la tempête actuelle.

Certains de nos clients traders n'ont pas résisté au tsunami de cette année 2008 et bien sûr, les ragots vont bon train sur les vraies raisons des pertes et leurs montants. Les commérages et les rumeurs plus ou moins fondées nourrissent les fantasmes de notre microcosme. Ce qui compte c'est l'énormité des gains et des pertes, et plus encore la rumeur. Quand un trader « saute » comme on dit, rares sont les âmes charitables. En tous cas, Phil, le Che, Ronald et moi, nous avons une certitude : celle de ne jamais revoir un de nos clients éphémères. Le ricain.

– Alors Ronald, ça y est, c'est confirmé, le ricain, il s'est fait virer hier soir ?

– Yep, on parle d'une perte de 1 milliard d'euros. Voire plus.

– Arrête tes salades. Un milliard d'euros et puis quoi encore ? Moi quand j'ai été viré de la BNP, j'avais des grosses positions, et ça a coûté 200 fois moins. Alors arrête !

– Mais je vous jure. Il parait qu'il avait des produits toxiques dans ses positions qui lui ont éclaté au visage !

Je me souviens de moi, jeune candidat à l'ESSEC, expliquant les options de deuxième génération à Sylvain Ferri. Depuis, les probabilistes, les fameux « quants », ont sauté dix générations en quinze ans. La sophistication et la complexité des produits dérivés modernes ont relégué les options « vanille » à la préhistoire. Je commence d'ailleurs parfois à me sentir comme un vieux dinosaure. Ronald a dix ans de moins que moi et je sens que la flamme qui brûle en lui s'est déjà un peu essoufflée chez moi. Il embraye :

– Mais je crois qu'il vaut mieux qu'il parte vite anyway.

— Pourquoi ?

— Vous vous rappelez la fille de chez Triangle qui voulait qu'on l'embauche ?

— Ah ouais, la métisse là, elle était bonne elle !

Le Che a toujours kifé les métisses.

— Bonne et ultra maline. Un soir elle a su que le boss de Triangle Paris venait à Londres sortir avec des clients et deux brokers du desk. Et elle les a suivis incognito jusqu'à une boite de strip-tease dans Soho.

— Laquelle ?

— Peu importe, de toutes les façons, elles se ressemblent toutes. Bien sûr, les gars ont commencé à partir en vrille. Private back rooms, pas de caméras, la chnouf, les pipes, etc...

— Arrête ton délire, y a quand même aucun strip-club qui autorise ça, si ?

— On ne doit pas aller dans les bons alors. En tout cas, les gars sont à fond et ça enchaine. Ce qu'ils n'ont pas prévu, c'est que la métisse, elle a soudoyé une des filles pour dissimuler une micro-caméra.

Le Che s'étouffe dans son deuxième kebab.

— Et alors Ronald, on voit la tête du ricain, du boss de Triangle, et des autres gars ?

— Eh ouais, Phil, et d'après ce qui ne se dit, pas que les têtes !

Morts de rire. On se tord le bide en imaginant la scène. Puis notre pragmatisme revient au galop.

— Et donc maintenant elle les fait chanter ?

— Soi-disant, elle a porté plainte pour discrimination raciale, mais en fait, son levier, c'est l'enregistrement vidéo. Si ça sort, ils sont finis. Il parait qu'elle demande 5 millions de livres sterling !

— Ça ne sortira jamais, les boss de Triangle, ils vont payer, ils n'ont pas le choix.

— Oh Phil, ça ne va pas ? T'as pété un câble ? C'est quoi cette daube ? Herbert Leonard ?

Il explose de rire.

— Lisez les paroles putain !

Et nous voilà partis en Karaoké sur l'écran géant de Phil. Ce sont bien les paroles de « *Quand tu m'aimes* » d'Herbert Leonard qui défilent.

Je n´ai qu´un pays Celui de ton corps
Je n´ai qu´un pêché ton Triangle d´or
Je découvre en toi toutes les audaces
Quand tu m´aimes

Je m'écroule de rire. Le fucking Triangle d'or, Herbert Leonard. On sait déjà qu'on va mettre ça en boucle tous les matins à huit heures à l'ouverture du marché. À nous et aux clients au courant de l'affaire du strip-club. Ce n'est pas bien fin mais quel pied. Ça ne va pas nous empêcher de stresser chaque jour, mais ce soir on rit comme des gamins.

23

21 décembre 2009.

Le marché s'est calmé, un an s'est écoulé. Aujourd'hui, j'enterre mamie. Une petite troupe est réunie à Chenaud, le petit village de Dordogne où j'ai grandi. Ce matin, Emmanuela accompagne le pèlerinage de mes souvenirs. Ma petite école n'existe plus, le terrain de foot communal est recouvert de maïs, et ma maison, la villa « Mon rêve » de mamie, trône sur un hectare d'herbes hautes envahissantes et d'arbres non entretenus. J'ai quand même réussi à distinguer le vieux perron blanc et les vestiges de ma petite cambuse.

Entre deux larmes, j'ai pu raconter ma première goutte de vin à Emmanuela. La nostalgie m'a aussi rattrapé en foulant le petit chemin pierreux où papi m'a appris à faire du vélo. Je le sais car j'ai en ma possession un vieux film super8, où s'amusent trois générations de Salvio.

Je revois mentalement ces images puis je regarde mon père. Il a arrêté l'alcool et les clopes du jour au lendemain, après l'épisode des sumos rue Cardinet. Pourtant, après dix-sept années d'abstinence totale, son état physique reste déplorable. Il survit malgré une obésité extrême et une hygiène douteuse. Son poids n'a pas changé depuis l'époque des sumos, mais ses cheveux blancs et ses énormes poches sous les yeux le rendent presque attendrissant. Aucun être normalement constitué n'aurait survécu aux abus qu'il s'est infligés toute sa vie avant cette tentative de rédemption. Dès l'âge de dix-huit ans, il a commis un nombre incalculable d'excès répétés à gogo, sans jamais tomber malade. Je crois que j'ai hérité de sa constitution hors normes, genre Terminator.

Nous nous reparlons depuis six ans, depuis que j'ai quitté Paris. Je l'ai appelé un soir de beuverie, par bravade et par besoin aussi. Besoin de pardonner ou au moins d'essayer. Je ne pourrais jamais vraiment oublier, mais je ne peux me résoudre à l'abandonner. Sans moi, il vivrait dans la rue. Alors je suis devenu le père de mon père.

Il vit maintenant à Bordeaux, dans un appartement que j'ai acheté aux Chartrons, pas loin de la rue Ramonet. J'essaie en vain qu'il se prenne en charge au niveau médical, mais je n'arrive à rien. Ses excès l'ont rendu diabétique et sa vie en pâtit.

Michel, Sophia et maman sont venus aussi, comme d'habitude pour les coups durs. Maman se tourne vers moi.

— Comment tu te sens mon chéri ?

— Pas trop mal. Et toi ?

— Bof, je ne sais pas. Voir l'état physique de ton père, ça m'inquiète.

Bien sûr, avant de me répondre directement, elle a tourné la tête. Typique maman. Elle se protège de sentiments compliqués, et elle relance sur autre chose. Michel et moi nous regardons d'un air entendu. On la changera pas.

Mahé se cale entre Sophia et Emmanuela pour le début de la cérémonie. Elle a onze ans déjà. Comme par hasard, depuis quelques mois, j'arrive beaucoup mieux à communiquer avec elle. C'est comme si du jour au lendemain, j'avais trouvé les clés de la paternité. Je crois que je n'avais vraiment aucun repère émotionnel pour avoir une relation équilibrée avec Mahé durant son enfance. Elle vit chez sa mère à Bordeaux mais elle vient souvent à Londres.

On a vraiment créé quelque chose de spécial avec Emmanuela, Mahé et Emily. Ces trois-là s'entendent à merveille, souvent à mes dépens, mais je mesure ma chance d'être si bien entouré aujourd'hui.Et puis 2010 promet d'être une grande année. Avec Emmanuela, nous avons décidé de nous marier, de sceller ensemble un pacte de vie. Elle m'a aidé à surmonter beaucoup de mes failles, mais tout n'est pas résolu. Alors je veux m'engager à vivre mieux, une vie pleine, pour le meilleur et pour le pire. Je veux profiter de tout ce que j'ai encore à vivre. Oui, j'ai décidé d'être all in.

D'autant qu'aujourd'hui, on célèbre la fin d'une vie, celle de Marie Grafeille-Salvio. Le même curé a enterré papi il y a trente-trois ans, mais aujourd'hui les coutumes ont changé. Alors après l'hommage de l'homme d'Église, sous quelques légers flocons de neige inattendus, je déclenche sur un ampli l'air de la Flûte Enchantée. Fort. L'aria de Mozart envahit le cimetière de Chenaud. Je suis sûr que papi l'entend, et qu'il sourit doucement, comme avant. Notre petit cortège se recueille en silence.

Mamie rejoint la Reine de la Nuit.

24

30 Décembre 2009

Après les fêtes de Noel en famille à Bordeaux et en Italie, j'ai décidé d'emmener Emmanuela à Ibiza pour Nouvel An. Elle a protesté un peu, parce qu'*« Ibiza, ce n'est pas mon truc amore mio. Les boites de nuit, les table VIP, la drogue, ce n'est pas per me »*. Mais, comme je l'avais imaginé, sa curiosité intarissable a emporté le morceau. Rencontrer enfin le mystérieux Enrique Morales l'excite. Alors, nous voilà partis pour Na Xamena. Enrique nous loge dans son domaine et nous accueille à bras ouverts en cette soirée du 30 décembre.

L'illumination magique des hectares du domaine nous transporte déjà. L'accès a la propriété se fait lentement, via une allée bordée par deux rangées d'oliviers uniques en leur genre, grands, aux troncs torsadés à l'infini, et sans aucun doute centenaires. Depuis ma dernière venue, Enrique a enrichi le jardin d'un monument architectural. Situé sur le devant des marches d'accès à la maison, un gigantesque bassin à jets d'eau, digne de la fontaine de Trevi, entoure des sculptures d'homme et de femmes nus. Je rigole en pensant à Eva et Manu, persuadés qu'on devrait leur offrir une statue à leur effigie au prétexte que, sans eux, Emmanuela et moi ne nous serions jamais rencontrés. Enrique a vraiment mis les petits plats dans les grands. Nous sommes reçus comme des princes, et en sa compagnie, nous vivons quarante-huit heures de plaisir et de partage. Je vois bien qu'Emmanuela succombe aux charmes du personnage complexe qu'est Enrique.

Elle n'a aucune illusion sur le côté sombre de notre hôte, mais sa faconde et sa générosité ne peuvent laisser indifférents. Et puis Enrique a quelques notions d'italien puisque le catalan n'en est pas si éloigné. Cela facilite la conquête de *questa bella romana* comme il dit. Il porte toujours beau, avec ses cheveux gris gominés et son impeccable costume, agrémenté d'une boutonnière. Mais il m'inquiète aussi. Il a beaucoup perdu de sa superbe. Même s'il cherche à le dissimuler, sa démarche est irrégulière et il claudique un peu. J'ai la sensation qu'il s'est un peu voûté. Ses tempes commencent à tendre vers une blancheur qu'il doit détester, et je le soupçonne de se teindre légèrement. Je ne peux imaginer qu'il soit malade et il ne supporterait pas que je lui fasse part de mon inquiétude. Mais, il est certain que je ne souris pas du tout que sa REALITE soit moins ALTIERE. Anagramme qui me déplait.

— Ma chère Emmanuela, je te vole ton futur mari quelques minutes seulement, je dois parler à Gabriele.

— Tu m'appelles Gabriele maintenant ?

— Perche ? Non ti piace ?

On s'assoit tandis qu'il dégaine une bouteille de notre Tequila 1942. Nous prenons nos deux places habituelles, celles propices aux conversations qui marquent. Lui dans son grand fauteuil de cuir noir de patron, et moi sur ce canapé rouge bordeaux en velours. Il fait bon être ici avec lui, dans ce lieu où la température ambiante nous drape parfaitement comme à l'accoutumée. Nos habitudes et notre complicité s'enracinent un peu plus lors de chacun de nos tête-à-tête dans l'alcôve secrète de mon ami.

Mais dans cette ambiance feutrée que nous affectionnons au milieu des livres et des photos du passé, mon vieil instinct reste en alerte, je m'attends à de mauvaises nouvelles.

— Comment ça va mon Gaby ? Avec Emmanuela, je n'ai aucun doute. Tu as vraiment gagné à la loterie, traite-la bien. Vous deux, c'est tout ce qui restera à la fin. Et le boulot ça va ?

— On ne se plaint pas. Ça ne sera plus jamais comme en 2008, mais ça roule.

— Comment tu vis ça toi mon Gaby, le fait de t'enrichir pendant une telle crise ?

— Je n'en sais rien. D'un côté, ce monde financier m'écœure par ses dérives et de l'autre j'en profite. Je déteste toutes ces pourritures qui traficotent dans les grandes largeurs, et pourtant, plus ça part en vrille, plus je gagne d'argent.

— Tu as vu qu'Obama a gardé les mecs de Goldman pour gérer le Trésor américain, c'est grand ça non ?

— Ah ben, oui, les gars ils ont liquidé leurs stocks au plus haut du marché à l'été 2007 soi-disant *« pour éviter les conflits d'intérêts »*. Bon timing. Ce donneur de leçons de Paulson, il n'a pas eu de conflit à encaisser 600 millions de dollars. D'après les rumeurs, son ancien employeur, Goldman Sachs, a gagné des milliards sur ces histoires de subprimes. Il se dit qu'en conseillant à leurs clients d'acheter des packages pourris, eux s'en délestaient. Et maintenant, les mêmes gars qui ont encaissé des centaines de millions de bonus pendant des années, ils te disent que les trop gros bonus c'est un scandale et qu'il faut changer tout ça !

— L'hôpital qui se fout de la charité, comme d'habitude. Dis donc Gaby, au fait merci.

— Merci de quoi ?

— Les subprimes c'est bien ça qui a fait baisser les marchés, non ?

— Oui

— Et c'est à cause de cette dinguerie qu'ils ont finalement

pincer Madoff, non ?

— Ah oui, encore un qui faisait le malin, le magicien de Wall Street, on l'appelait.

— Oui Gaby, celui-là. Et toi, il y a longtemps, tu m'as mis en garde quand tu m'as parlé de la pyramide de Ponzi. Madoff, c'est lui qui m'a contacté il y a cinq ans pour faire fructifier mon cash. Sans toi, je lui filais trente millions d'euros. Tu imagines, j'aurai tout perdu. Il parait qu'il aurait cramé 15 milliards de dollars.

— Eh oui, un génie. Le mec, il a enfumé tout le monde pendant quinze ans. Quinze milliards, c'est propre non ? Incompétent, voleur et grandiose, la recette infaillible. En attendant, l'épargnant trinque à la fin. Tu parles d'un rêve américain ! Tu me diras, en France, on a des bons aussi.

— Ah bon ? Qu'est-ce qui se passe encore. Kerviel ça n'a pas suffi aux autorités ?

— Apparemment pas. On raconte que l'année dernière des mecs ont monté l'arnaque du siècle. Une arnaque à la TVA mais en mode no limit. Ils auraient braqué l'État français de plusieurs milliards.

Tout à coup, les yeux d'Enrique s'illuminent et il se penche vers moi. J'ai 120% de son attention.

— Raconte.

— Plutôt que mettre une taxe en plus, une taxe sur le carbone, l'État a préféré lancer une plateforme d'échanges, un marché quoi. Un marché où s'échangent des quotas carbones. Les boites qui polluent trop achètent des quotas à celles qui polluent peu et qui n'utilisent pas leur quota de pollution.

— Et ?

— Eh bien, les mecs qui escroquent la TVA à petite échelle d'habitude, ils ont tout de suite vu la faille. En gros imagine que tu as une boite bidon à l'étranger, boite A, qui achète des quotas sur la plateforme de marché sans TVA et la revend à une société bidon B en France. La boite B récupère 19.6% de TVA cadeau payée immédiatement par la Caisse des Dépôts et Consignations. Tu fais ça avec plein de boites, tu utilises des courtiers qui marchent dans la combine, tu fais rouler l'argent à l'infini. Ta mise initiale fait boule de neige exponentielle. Quand tu as pris tout ce que tu peux, tu fermes toutes les boites A et B. Les enquêteurs ne retrouvent que des prête-noms d'innocents à la gérance et des caisses vides. Tu as volé la TVA à l'État qui te la paye. Énorme non ?

— Gaby, Tu veux dire qu'ils ont permis l'institutionnalisation des petites arnaques à la TVA via une plateforme de marché ?

— Oui. D'un côté j'admire ces mecs qui arbitrent le système. Mais je n'arrive pas à admettre que pour l'enrichissement de trois ou quatre mecs malins, ça va coûter des milliards à une majorité. Mais c'est comme le reste. Madoff, les subprimes, les quotas, c'est tout à mettre dans le même sac. On financiarise tout : les maisons, les dettes pourries et même l'écologie maintenant. Tu as un marché pour tout et tout est dû. Alors quand l'État Providence s'en mêle, les escrocs n'ont plus qu'à se servir. Je me demande qui on doit blâmer le plus ? Nos politicards aveugles ou les voyous ? Avant au moins, il fallait avoir des *cojones* comme tu dis pour rentrer dans une banque et braquer le caissier. Aujourd'hui, il faut un cerveau de filou et un ordinateur.

— Et ça va durer longtemps ton histoire de TVA sur le carbone ?

— Tu es bien intéressé tout d'un coup.

— S'il y a de l'oseille, je m'informe. Et s'il y en a beaucoup, c'est comme le sexe, ça m'intéresse.

— C'est mort, ils ont fini par comprendre. Bercy a enlevé la TVA sur les transactions au mois de juin. Et crois-moi, va falloir qu'ils se cachent très bien ceux qui ont fait ça. J'espère au moins que ces mecs qui ont braqué tout ce fric, ils vont en investir un peu chez mes petits Girondins de Bordeaux.

— Vous avez gagné le championnat de France cette année non ? C'est déjà pas mal.

— Dix ans qu'on attendait ça. Mais s'il te plait, arrête avec tes sarcasmes, Señor Barcelona. La Liga, la Coupe du Roi et la Champions League, ça va aller non ?

— Eh oui, Gabriele. Somos mas que un club. On a fait le triplé. Et en plus, nous avons du cœur nous les catalans.

Il pousse doucement une feuille de papier manuscrite accompagnée d'un petit shot de Tequila. Je commence à lire les premières lignes. C'est un compromis de vente pour une villa à Ibiza.

— Enrique, c'est quoi ce truc ? Tu veux que j'achète une villa à Ibiza ?

— Pas UNE villa. LA villa. Tu te rappelles quand tu es venu faire ta cure d'intoxication ?

Oui, je m'en souviens tous les jours et je ne l'oublierai jamais. Il poursuit.

— On s'était baladés pas loin d'ici, je t'avais montré la maison du vieux parano belge. Celui qui ne voulait pas vendre, la plus belle vue de tout Ibiza. Après la mienne bien sûr.

— Ah celle-là. Mais ça vaut au moins 7 ou 8 millions d'euros non ?

— Regarde le prix d'achat en bas.

Tandis que je découvre le prix, il pivote sur son fauteuil pour manigancer quelque chose.

— Deux millions d'euros, mais comment tu as obtenu qu'il vende à ce prix-là ?

Je le regarde un instant. Il a le visage déformé par des joues élargies. Et, passant sa main dans sa chevelure gominée, il me murmure doucement :

— I made him an offer he could not refuse !

Je suis plié de rire. Comme Marlon Brando dans le Parrain, il a poussé le vice de l'imitation jusqu'à bourrer sa bouche de coton pour sortir sa réplique. Je lui prends sa main que je fais mine d'embrasser.

— Grazie Don Enrique !

— Gabriele, Gabriele, après tout ce que j'ai fait pour toi, tu ne songes même pas à m'appeler le Parrain !

Nous retournons hilares au salon en mimant des scènes mythiques du chef d'œuvre de Coppola. Emmanuela resplendit dans son maquillage simple et sa robe de soirée rouge. Non seulement elle a un physique qui lui permet de porter à peu près n'importe quoi, mais en plus elle a un goût infaillible. Je crois que même avec un tablier elle aurait de la classe. Je sais en regardant ses yeux qu'elle est heureuse pour moi. Quelques soient mes zones d'ombres, elle les accepte. C'est la première fois que l'on m'aime ainsi.

Inconditionnellement. Pas d'anagrammes.

25

10 Juillet 2014

Presque treize ans depuis la destruction des tours jumelles de Manhattan. Vingt ans sur les marchés pour moi. Après ce périple de dingues auquel nous avons survécu, ce soir c'est la quille pour Phil, le Che et moi. Si nous sommes encore debout, si nous n'avons pas explosé en vol, nous avons conscience de le devoir à nos familles. Elles sont là ce soir. Nos femmes, piliers de toutes nos joies et témoins de nos angoisses, partagent une coupe de champagne. Nos enfants n'auraient jamais voulu rater ça. Emily vient de fêter ses vingt ans et Mahé en a seize. Elles discutent dans un coin tranquille tandis que moi et mes deux lascars, nous nous baladons au milieu d'une centaine d'invités.

Nous avons privatisé un restaurant italien dans la City, près de Bishopsgate. Chef Francesco commande la cuisine, tel un chef d'orchestre, aux yeux de tous, dans cet espace moderne fait de baies vitrées, de hauts plafonds, et de miroirs. La modernité de la salle contraste avec les effluves de cuisine traditionnelle italienne qui émanent chaque seconde un peu plus. Nos narines se délectent déjà des lasagnes et autres pastas en marche. Les serveurs virevoltent au milieu des invités, porteurs de Prosecco, de Franciacorta et de champagne. Nos clients historiques nous font l'honneur de partager cette soirée d'adieux avec nous. Pour eux aussi, cette soirée marque la fin d'une époque chez Tullett. Nous avons honoré nos cinq ans de contrat supplémentaires et beaucoup d'entre eux nous ont confié que nous allions leur manquer. Quand on est courtier, il n'y a pas de plus bel hommage que celui de nombreux clients.

Pour certains, on se connait depuis vingt ans. Éric et Nico, nos potes de Société Générale sont là, toujours fidèles à nous et à leur job, même si je crois que ça leur pèse aussi. La BNP est bien représentée ce soir. The Man a changé d'employeur mais il est parmi nous, accompagné par ses deux successeurs que j'adore. Un Marseillais qui aime le PSG et un Bordelais fidèle aux Girondins. Ils s'entendent comme un vieux couple. Comme quoi, tout peut arriver.

Tout a changé depuis 2008. Les nouvelles régulations ont étranglé le marché. Les banques d'investissement doivent respecter des contraintes drastiques. La blague la plus répandue c'est qu'avant on avait un risk manager pour 25 traders. Aujourd'hui, 25 risk managers et 5 inspecteurs par trader. La réalité s'en approche chaque jour. Quelle pantalonnade comme aurait dit Charles Pasqua. On a laissé faire tout et n'importe quoi jusqu'à la crise et maintenant on décourage la moindre initiative. Les surveillants des risques gagnent plus que ceux à qui ils empêchent d'en prendre. On marche sur la tête.

— Bon les gars, c'est vraiment un privilège de vous avoir eu chez Tullett toutes ces années.

Celui qui vient de s'adresser à notre trio s'appelle Max. Souvent avare de compliments mais un grand cœur et une grosse tendance à la maladresse. En début de soirée, il a quand même réussi à dire au Che :

— Si on allait draguer ces deux bonnasses là-bas, elles sont magnifiques !

Ce à quoi le Che avait rétorqué sans un sourire :

— Tu veux dire la femme de Gabriel et celle de Manu, son meilleur ami ?

Cramoisi le Max. Et tout le monde écroulé de rire autour. Surtout Manu à qui il n'en faut pas plus pour torturer gentiment Max toute la soirée avec ça.

Malgré sa bonne humeur permanente, mon petit Manu m'inquiète. Il a des douleurs récurrentes à l'estomac et l'opération qu'il a subie n'a pas résolu la situation. On verra bien. Joss, Huck et Arnaud me demandent fréquemment des nouvelles. Je les rassure toujours. Mais la distance et les vies de chacun nous empêchent de nous voir suffisamment et ils me manquent pour cette soirée londonienne si particulière.

Pour Phil et le Che, ce soir est une vraie libération. Ils ont fait leur temps sur les marchés et ils en ont ras-le-bol. Moi, malgré mon sourire, c'est moins clair. Je vais moyen. On me courtise pour recommencer ailleurs et ça me perturbe. D'un côté j'en ai assez vu et je n'imagine pas bosser sans le Che et Phil De l'autre, devenir nobody du jour au lendemain, ça me fait flipper. Le problème n'est pas l'argent, je crois que j'ai progressé sur ma peur de manquer un jour de quelque chose. Ce n'est pas non plus l'adrénaline, car il est évident que jamais je ne retrouverais celle des mois de folie de 2008. Non, c'est vraiment la peur du vide, la peur d'abandonner cette réputation, cette image, cet autre moi, le moi du marché, celui aux surnoms multiples. Finis les Gab, Gaby, Gabriele, les Trois Amigos et les Cubains.

Finies les histoires et les légendes de marché. Finies les soirées londoniennes au cours desquelles des gars rencontrés par hasard me saluent par un de mes surnoms alors que je n'ai aucune idée de qui ils sont. J'essaie de faire la paix avec mon côté sombre. L'accepter plutôt que de l'enterrer comme s'il n'avait jamais existé. Mais bon sang que c'est dur.

Et puis, les changements et moi n'ont jamais fait

bon ménage. Alors, mettre un terme à mon identité professionnelle m'inquiète. Et l'énergie de tous ces gens réunis ce soir décuple mes doutes.

– Hey, Gabriel, No champagne sur ma gueule tonight right ?

Le ricain vient m'embrasser. Son nouveau surnom, c'est le Phenix, celui qui renait de ses cendres. En 2008, il a bel et bien flambé 800 millions d'euros. Pourtant, six ans après, il gère encore les positions d'une des plus grosses institutions financières européennes. Aussi hallucinant que cela puisse paraitre, l'énormité de ses pertes passées lui confère une réputation de trader doté de très grosses Lucioles. Je dois avouer que cet épisode a fait évoluer sa personnalité dans le bon sens. Un peu plus d'humilité et de recul ne lui font pas de mal. Sa femme l'a quitté à la suite de l'affaire du strip-club. Triangle a effectivement étouffé le scandale en payant 5 millions de pounds à la maline métisse, mais la rumeur a fait exploser le couple du ricain.

Ce soir, Arnaud Tigre, un client qu'on n'est pas fâchés de quitter, nous honore également de sa présence. Il est l'archétype du client puant et imbuvable. Il s'est auto-invité, mais bon, plus rien ne nous surprend avec lui. Un vrai joueur de casino celui-là. Pur produit de l'élite méritocratique à la française, il se passionne pour la découverte de la martingale ultime. Selon ses termes, *« Deauville c'est pour les prolos »*. Monsieur ne jure que par Las Vegas et Atlantic City. Soi-disant, du temps où il travaillait à New-York, le Tigre avait ses habitudes à Atlantic City, où il spéculait allègrement son argent aux tables de poker privées des étages supérieurs du Tropicana. Il se vante de barboter régulièrement avec Dennis Rodman, ancienne star des Chicago Bulls, amant de Madonna, joueur de poker invétéré, et criblé de dettes. Un peu comme le Tigre. Car d'après notre Ronald la commère, un courtier new-yorkais paye encore aujourd'hui les 300 000 dollars de dettes laissées en partant par le roi de la martingale.

En tout cas, ce soir, on boit aussi de très grands vins de bordeaux en marge du champagne. Dionysos nous gâte comme d'habitude et il est devenu le fournisseur exclusif d'Enrique en grands crus classés. Nous nous sommes connus il y a dix ans et sa passion pour le vin nous a tous entrainés. Il a une façon fascinante de décrire la relation entre le vin et nos cinq sens. Grâce à lui, chaque fois que je déguste un vin, j'écoute mon corps. De novice complet, je suis devenu un connaisseur des terroirs, des appellations, des arômes révélateurs d'un cépage ou d'une région. Il a monté de A à Z le plus gros négoce de vins de Bordeaux, et il rend mémorable chaque soirée passée ensemble. Tous nos clients l'ont adopté comme leur seul courtier en vins haut de gamme.Quand nous dégustons entre nous, c'est comme une partie de Scrabble. On déguste soit Verticale soit Horizontale. Soit différents millésimes d'un même vin, soit différents vins d'une même année.

Dionysos a partagé avec moi son anagramme préférée : PETRUS=STUPRE. C'est ça, vivre dans le stupre en buvant du Petrus.

À Ibiza l'été dernier, en compagnie de Dionysos et de sa femme, on a vraiment exagéré. Bien aidés aussi par Rosado, notre autre ami fan de grands crus. On l'appelle Rosado parce qu'après une soirée exclusive de Grands Crus, il nous finit au rosé et nous entraine dans des karaokés sans gloire. Je crois que Brel et Sardou en pleurent encore.

— Alors les alcoolos, ça roule ? Pas mauvais ton petit Cos d'Estournel 1990 Dionysos. Il se boit comme de la petite bière.

— Euh, t'es gentil Rosado, si tu préfères la bière, y en a plein le frigo !

Comme dans le film mythique *Mes meilleurs copains.*

C'est ce genre de conversations et de réparties teintées de références que j'affectionne dans ma vie actuelle. J'adore Rosado et Dionysos. Parler de tout et de rien avec la même passion, avoir des opinions identiques ou non, et surtout se retrouver après plusieurs mois comme si on s'était quittés la veille. Comme avec potes d'enfance. Au moins, après avoir quitté le marché, j'aurai plus de temps pour mes amis.

— Papa, papa.

Ça, ça ne changera jamais en revanche.

— Il parait qu'il faut que t'ouvre ça. C'est un cadeau du Che pour toi et il m'a dit que ça nous concernait Emily et moi.

Mon Guevara, mon Che à moi, regarde notre petite troupe avec ses yeux brillants. J'ouvre l'enveloppe, j'hallucine.

— Mais comment t'as eu ça, t'es un malade !

— Mais papa c'est quoi ?

Tout fier, le Che annonce :

— Emily, Mahe, Emmanuela, Mr Gab vous emmène à Wembley après-demain !

— Ah non amore, pas du foot encore. Et puis, ce n'est pas au Brésil en ce moment la Coupe du Monde ?

Les filles ont plongé dans leurs IPhones, elles ont compris, elles sont pendues au cou du Che.

— Eminem, putain papa, Eminem. On va voir Eminem à Wembley !

Le Che fait une grimace en exagérant son accent de la Courneuve :

— Va te laver la bouche et parle meilleur à ton père toi !

Voilà aussi une base de la réussite de notre carrière. Un Foyer d'accueil pour Phil, la Courneuve pour le Che, et les Lucioles pour moi. Et puis des vraies valeurs en commun, la volonté de s'en sortir et de ne jamais rien lâcher. On ne doit rien à personne et on n'a rien volé. Phil, le Che et moi, nous avons la certitude d'avoir raccourci notre vie de quelques années avec les coups de stress vécus ensemble. Ce soir quand nos regards se croisent, pas besoin d'en rajouter. Nous avons développé une telle complicité qu'on se parle avec les yeux. Nous partageons ce moment, mais surtout la fierté d'avoir réussi ensemble, la fierté d'avoir forcé nos trois destins dans le bon sens, alors qu'à la base, on n'avait pas vraiment des profils de vainqueurs.

Le DJ commence à envoyer Jay-Z, Dr Dre, Dépêche Mode, les danseurs arrivent de tous les côtés. D'habitude, les souvenirs de *Cowboys and Angels* m'empêchent d'apprécier les *« Champagne Shower »*, mais ce soir je fais une exception. Je mérite bien de me lâcher et d'oublier le ridicule de ce gaspillage.La semaine prochaine, on part à Ibiza dans ma maison avec mes gars et nos familles. Ibiza va sûrement nous faire boire beaucoup de champagne et nous noyer sous les paillettes, mais pas pour longtemps. Avec mes gars, nous referons toujours des parties de tarot à un centime le point en goinfrant des kebabs. Mais ce soir, on gaspille. Par joie, par défi, par fierté, et par revanche.

Nous avons REPOUSSE ensemble tous les obstacles. Belle PROUESSE. Anagramme.

26

15 Mai 2020

Aujourd'hui, j'ai cinquante ans. Je bascule dans mon deuxième demi-siècle. Le monde tremble et les marchés aussi. Je n'ai pas vu venir cette catastrophe et mes amis proches subissent le contrecoup de mes conseils mal avisés. Depuis la séparation des Trois Amigos, mes mauvais choix de carrière et d'investissement se sont accumulés. Je n'ai pas su me séparer totalement de mon autre identité, mon alter ego du marché aux surnoms multiples. J'ai voulu me réinventer comme investisseur et je me suis brûlé les ailes. De la start-up révolutionnaire qui ne décolle jamais au fonds d'investissement flamboyant qui coule, j'ai accumulé les erreurs. De vieilles phobies de manquer pour manger ont resurgi. Encore une fois aveuglé par la fausse nécessité de devoir faire plus, d'avoir raison envers et contre tout. Mes illusions m'ont faire perdre beaucoup d'argent. Et j'ai commis la pire erreur. Par mes conseils, j'ai entrainé mes amis aussi dans mes investissements, et ça leur a coûté cher.

Malgré les sommes englouties, mes amis m'ont pardonné mes errements. Par leur attitude exemplaire, Joss, Dionysos, ou encore Rosado, m'ont aidé à surnager ces derniers mois. Ils ont décidé que leur amitié comptait plus que l'argent disparu. C'est dans ces moments-là que les hommes se révèlent vraiment. Je leur en suis reconnaissant car lorsque la dure réalité du marché a frappé, j'ai voulu me noyer. Je crois que la honte enfantine des papiers jaunes sur les murs a refait surface. Ce petit gamin blond victime du monde des adultes, je ne l'ai jamais oublié. Sauf que cette fois, le responsable de l'argent perdu, c'était moi. Et c'était trop.

Je ne pouvais pas supporter l'idée d'avoir des comptes négatifs à rendre, surtout des comptes d'une telle ampleur. Ce mal-être, ce désespoir d'avoir failli, rien ne pouvait les raisonner. Rien ne pouvait me raisonner, même le fait de penser à la peine causée à Emmanuela, Mahé, Emily ou bien Michel, Sophia et maman. J'ai pris la voiture depuis Bordeaux, j'ai roulé doucement fenêtres ouvertes en respirant l'odeurs des pins. Il m'a fallu un peu plus d'une heure pour arriver à destination. Je me suis garé près de l'embarcadère, avant de passer rapidement en marchant devant le Pinasse Café, direction le Mimbeau, puis la pointe du Cap-Ferret, face à la dune du Pyla. Une fois mon objectif atteint, j'ai ôté mes chaussures et foulé le sable humide dans l'écume pendant les trois kilomètres de ma promenade préférée. Sans croiser âme qui vive. Mes pas m'ont amené jusque derrière mon ancienne maison, sur la plage où je remplissais de sable mon sac de boxe. J'ai posé mon collier en or et ma poupée sur le sable avant de pénétrer dans les vagues en jean et en t-shirt avec un seul objectif : nager jusqu'au point de non-retour et me noyer.

À cet instant rien ne peut m'arrêter. Ou presque. La marée montante m'empêche de m'éloigner au large et les vagues me soulèvent au lieu de m'ensevelir. Peut-être aussi que le courage me manque une nouvelle fois. Personne ne peut me sauver de moi-même, si ce n'est ce satané barbu dans le ciel. Il n'a qu'à se manifester s'il existe vraiment. Il s'en fout de moi depuis toujours, il est comme les autres. Il manquerait plus qu'il me pisse dessus lui aussi.

Je vois ma vie défiler en accéléré. Je crois que je vais me laisser aller. Et comme ça, tout d'un coup, il se met à pleuvoir, fort. Une pluie folle et sauvage s'abat sur les vagues. Une pluie cristalline et diablement divine. Une pluie chaude comme mes larmes. Je ferme les yeux. Le visage d'Emmanuela m'apparaît et ses mots favoris résonnent. Me raisonnent. *« Amore mio, je serai toujours là. All in. Toujours là pour courir sous la pluie avec toi »*.

Alors, contre toute attente, contre mes démons intérieurs et ma tendance au sabotage, je prends le dessus. Moi, Gabriel Salvio. Ni Gab, ni Gaby, ni le Cubain ou l'Amigo. Pas le petit gamin, le timide ou la victime. Pas le trader, le grand broker ou le mauvais investisseur. Moi, Gabriel Salvio, j'affronte mes responsabilités. Je nage comme un fou vers le rivage, je sors des vagues, je remets mon collier, et je cours sous la pluie en hurlant. Je comprends pour la première fois qu'être responsable est le prix de ma liberté.

27

16 Mai 2020

Je suis installé au café de la place du Marché des Chartrons, dans le quartier bobo de Bordeaux. Un énorme chocolat liégeois et un petit biscuit à l'amande me tendent les bras. Je regarde la vie normale défiler devant moi, engoncé dans mon survêtement, ma parka, et mon vieux bonnet des Chicago Bulls. Le coup est passe près dans l'océan hier après-midi, mais je suis heureux qu'il se soit mis à pleuvoir chaudement.

Sur la route, j'ai appelé Emmanuela pour l'entendre. Elle a essayé de ne rien laisse filtrer mais j'ai décelé dans sa voix une inquiétude probablement initiée par son légendaire sixième sens. Elle est la seule à pouvoir détecter mes failles même lorsque je me cache. Elle sait que je ne suis ni bon ni mauvais, et surtout elle m'aime juste pour moi, tel que je suis. Comment quelqu'un d'aussi lumineux peut-il ainsi comprendre mes ombres ? En tout cas, moi, pour la première fois, je ne demande qu'une chose, c'est m'abandonner à sa lumière.

Aujourd'hui, je comprends que même parmi ceux qui fuient leurs responsabilités toute leur vie, personne n'est seulement bon ou mauvais. Pas même mon père. Au cours des dernières années, nous avons tenté un rapprochement. Il m'a maladroitement initié à sa passion pour la guitare, le jazz et la photographie. Le temps passé ensemble m'a surtout conduit à toucher du doigt son incapacité à entretenir un rapport social normal avec autrui. Tantôt Peter Pan, tantôt ours des cavernes, souvent grandiose, jamais lui-même. Jean-Lou Salvio n'a jamais connu l'équilibre, seulement la loi du tout ou rien. Capable d'arrêter de boire et de fumer du jour au lendemain après trente ans d'excès. Capable dans la même minute d'une certaine douceur et d'une grande violence verbale et physique. Il est mort en Novembre dernier, emporté par une infection pulmonaire. Je n'ai rien ressenti. Ni colère, ni peine, ni soulagement. Je regrette juste que nous soyons passés l'un à côté de l'autre dans cette vie, sans nous connaitre. Nous sommes restés des étrangers l'un pour l'autre, rien n'a jamais changé depuis cet instant fatidique à Austerlitz, il y a trente-six ans. Il a fallu qu'il meure pour que je fasse la paix avec mon père. Ni bon, ni méchant, ni horrible. Juste un homme comme tant d'autres, en difficulté avec lui-même et incapable d'être un papa.

Le grand frère que je n'ai jamais eu est mort lui aussi. En mars, Enrique Morales a succombé à ce qu'il est convenu d'appeler une longue maladie. Malgré ses bravades, sa faiblesse m'avait inquiété lorsque nous avions passé quelques jours ensemble l'été dernier. J'ai appris sa disparition par courrier. Un courrier signé de sa main que j'ai reçu par la poste, la première lettre qu'il ne m'ait jamais écrite, accompagnée d'un paquet rectangulaire.

Mon cher Gabriel, mon Gaby,

Lorsque tu recevras cette lettre, je ne serai plus de ce monde. Tu me connais suffisamment pour savoir que j'ai pris toutes mes dispositions pour que tu ne sois pas obligé d'assister à mes funérailles. J'estime que tu as traversé assez d'épreuves. Peu d'hommes m'ont intrigué autant que toi Gaby. Pourtant, comme tu l'as deviné, je suis tombé amoureux de beaucoup. Et même si tu as eu l'élégance de ne jamais me le demander, tu te doutes aussi que j'en ai tué et fait tuer un certain nombre. Lorsque j'ai récupéré Paquita à Bordeaux il y a plus de trente ans déjà, elle m'a supplié de t'épargner, de te donner une chance. J'ai décidé de commencer par donner une leçon à ton pote Karim. Il en a pris pour son grade, mais même avec un flingue sur la tempe, il t'a protégé. Il a dit que jamais tu n'aurais vendu de la coke ou de l'héro. Je crois qu'il serait mort pour toi ce jour-là. Alors, à cause de son sens de l'honneur, j'ai décidé de le laisser vivre. J'étais de toute façon persuadé qu'il mourrait jeune. Et toi, je t'ai connu au travers de tes lettres à Paquita. Toi au profil bien éloigné du petit dealer de merde des Lucioles que j'imaginais. Je crois qu'au bout d'un certain temps, j'étais aussi impatient qu'elle de recevoir les lettres que tu lui écrivais.

Gaby, tu as dû recevoir en même temps que cette lettre un paquet. À l'intérieur, il y a une édition unique originale et introuvable du Comte de Monte-Cristo. Ton cher Monte-Cristo. Tu te doutes que cet ouvrage a une valeur inestimable. Tu le mérites et tu vaux beaucoup mieux qu'Edmond Dantès. Comme lui, tu as retourné les vents contraires et tu t'es forgé un destin. En combattant ta face sombre, en te donnant les moyens de réussir, mais jamais par la vengeance. Pourtant dans ta vie, des Danglars, des Mondego et des Villefort, tu en as croisé quelques-uns. À Barcelone, quand j'ai mis la vie de cette ordure de Fuentes entre tes mains, tu l'as laissé vivre. Moi, je l'aurai torturé avant de le tuer. Ce jour-là, j'ai compris que c'est moi qui avais besoin de toi et non l'inverse.

Lorsque nous nous sommes rencontrés la première fois pour les funérailles, j'ai voulu te raconter ma vie pour te tester. Tu te demandais quel genre de mythomane j'étais, mais dans le doute tu m'as respecté. Sache que tout est vrai Gabriel. Je te confie aussi une ultime mission. Celle de t'assurer de la pérennité de la clinique qu'une partie de ma fortune va financer. Tu l'as compris, ce sera une clinique dédiée à la désintoxication et à la remise sur pieds des gens perdus dans la drogue à Ibiza et ailleurs. Je te laisse toute latitude pour en choisir le nom.

Mais surtout si tu souhaites honorer ma mémoire, sois fier de l'homme que tu es Gaby. Tu as construit une famille avec Mahé, Emily et Emmanuela. Même si Emmanuela n'est pas catalane comme la Mercédès d'Edmond Dantès, je pense que tu ne perds pas au change avec cette femme romaine que tu aimes viscéralement. Tu n'as jamais vraiment eu besoin de moi Gaby pour en arriver là. La vie est un cadeau, profites-en, trop d'hommes comme moi passent à côté du vrai bonheur.

E.M. (avec un petit masque)

Bien sûr, avec Emmanuela, nous avons fait le pèlerinage à Ibiza. La fratrie Morales nous a accueilli à bras ouverts et j'ai pu me recueillir dans le mausolée familial. J'ai déposé un lys blanc pour Enrique et un pour Fantômette. J'ai revisité nos plus beaux moments, j'ai fredonné les paroles de Stairway to Heaven que m'a enseignées mon père.

Comme mon père, Enrique a vécu une vie intérieure torturée, souvent incapable de dominer ses excès et sa violence. Le poids de ses origines, la terreur de perdre son empire, l'ont conduit à commettre des actes terribles. Pourtant, plus qu'un simple meurtrier tyrannique, il était aussi un individu complexe ayant du mal à distinguer la bonté de la faiblesse et le bien du mal.

Avec ma femme, main dans la main, nous avons fait une promenade sur la falaise de Na Xamena, les yeux grands ouverts pour profiter une dernière fois de la majesté de cet endroit magique.

Nous avons tous deux bien conscience que la mort d'Enrique signifie la fin d'un important chapitre de ma vie. Je ne suis pas triste. Ibiza ne me fait plus rêver comme avant et le moment est venu de couper les liens avec cette partie de moi. Sans l'irruption d'Enrique dans ma vie, je ne serai probablement jamais venu à Na Xamena. L'homme que je suis devenu se retrouve plus dans la Dolce Vita que dans la Vida Loca. À cinquante ans, l'heure a sonné de vendre notre belle maison sur cette falaise baléarique et de nous diriger vers les hauteurs de Rome. Ça doit être vrai. Tous les chemins, même les plus tortueux, finissent par nous y mener.

28

5 Février 2021

Je marche le long de la plage de l'Océan à Biscarrosse. Il fait grisâtre dans le ciel et dans ma tête. Aujourd'hui, avec Huck, Joss et Arnaud, nous avons fait la route depuis Pessac avec la Tesla de Joss en écoutant Dépêche Mode.Plus exactement, Joss a conduit depuis le crématorium de Pessac avec Manu dans une petite urne en métal gris. Il s'est battu comme un lion contre le cancer de l'estomac pendant dix ans. Et il a perdu. Il a agonisé les deux dernières années et nous avec. Sa femme Eva a mené à ses côtés ce combat inégal jusqu'au-delà de ses forces, et sans elle, Manu aurait abandonné longtemps avant.

Deux ans d'hôpital, deux ans de montagnes russes émotionnelles, et puis la descente, atroce et inexorable. Difficile de voir son ami de toujours dépérir sous ses yeux, peser jusqu'à 45 kilos, et crever à petits feux malgré sa volonté de vivre envers et contre tout. L'appétit de vivre de Manu a toujours commandé sa vie. Toujours disponible, toujours prêt à expérimenter, il est le seul à qui je pouvais parler du poids de l'argent sans craindre qu'il me jalouse. On a traversé ensemble la plus grande partie de notre vie à voir le monde changer, à se moquer des imbéciles, à s'encourager mutuellement et à ricaner.

Je ne l'entendrais plus ricaner ni se moquer de Trump. Oui, Manu n'arrivait pas à l'admettre, mais on vient d'avoir pendant quatre ans Donald Trump en Président des Etats-Unis.

À chaque fois en l'évoquant, nous repensions à *« Retour vers le Futur »*, quand, revenu par accident en 1955, Marty annonce à un Doc incrédule que le Président des USA en 1985 est l'acteur Ronald Reagan. Il faut dire qu'en France nos présidents récents nous ont gâté aussi. Après Chirac, on a eu un Napoléon bling-bling qui voulait nettoyer les cités au Karcher. Viens avec ton Karcher, tu vas voir. Puis on a eu un président normal qui a trouvé normal de prendre son scooter normal et son casque normal pour aller dans une garçonnière normale rendre une visite normale à sa maîtresse. Normal. Puisque le ridicule ne tue pas, il aurait pu m'emprunter mon vieux 103 SP jaune et bleu avec selle Chopper et guidon torsadé.

Ce monde a basculé dans une ère que je comprends, mais que je n'admets pas. Mon ancien paradis a changé de nom. Il ne s'appelle plus Parc Lescure mais Stade Jacques Chaban-Delmas. Le rugby y a remplacé le football qu'on a préféré éloigner du centre-ville pour investir dans un grand projet pour le futur. Résultat : loin du théâtre de leurs exploits d'antan, mes Girondins risquent la relégation en deuxième division. Même moi, je pense avoir oublié certains scores de matches de notre glorieux passé.

Je me sens complètement déconnecté de phénomènes omniprésents. Les GAFA (Google, Amazon, Facebook, Apple) dominent le monde. Les médias font la part belle aux Influenceurs et aux Algorithmes. J'ai l'impression d'être largué. Les marchés financiers les plus volatiles sont les cryptomonnaies, des monnaies sans valeur étalon, qui n'ont aucune contrepartie physique, et dont la valorisation est entièrement spéculative.

Souvent, des proches me demandent ce que je pense des Bitcoins, et je vois dans leurs yeux l'espoir de l'argent facile. Ma réponse négative de paysan déclenche au mieux un haussement d'épaules et au pire un certain dédain.

La macroéconomie n'intéresse plus personne, l'investissement de long terme est aux oubliettes, sacrifié sur l'autel du profit immédiat, si possible sans effort. Les marques de luxe ne savent plus comment contrôler la contrefaçon tant les prix de leurs produits sont devenus prohibitifs. Pourtant, un facteur m'étonne. Malgré le Covid et la situation économique mondiale, les taux d'intérêt sont proches de zéro, l'argent ne coûte rien, et tout le monde s'en accommode comme si cela allait perdurer. C'est sûrement la fin d'un cycle.

Manu disait toujours que la vie est faite de cycles. Il vient de boucler le dernier, et nous sommes là, tous les quatre, sur cette plage de nos souvenirs, trente ans plus tard. On s'assoit tous les quatre autour de cette petite urne de cendres, entourée de cinq verres et d'un Magnum de Cristal Rosé, son préféré.

– Tu te rappelles qu'il voulait toujours se mettre « *stratos* » comme il disait.

– « *Stratos* ». Tu parles d'une stratégie Ah ça ouais, on passait vingt minutes pour trouver l'endroit idéal pour se foutre des faux surfeurs qui ne surfent jamais, et mater les minettes, cachés derrières nos lunettes de soleil.

– N'empêche que ça fonctionnait un peu.

– Arrête, y a qu'au Safi et dans la rue principale qu'on a pécho D'ailleurs, vous avez vu, il n'existe plus le Safi. On y a pogoté quelquefois là-dedans. La Mano, PIL, Bérurier Noir, c'était bon quand même.

– Je me rappelle qu'on s'en était mis une belle sur les Bérus avec Manu face à des hollandais. Tu te souviens Arnaud ?

– Yes. Ce n'était pas le dernier à distribuer le Manu. Pas grand, pas épais, mais très efficace.

– Avec les gonzesses aussi, il était efficace. Il faisait le chalutier pêcheur et nous, on le suivait comme les mouettes, chacals à l'affût « When the seagulls follow the fishing boat…"

On rigole à l'évocation de cette mythique phrase d'Éric Cantona que Manu adorait répéter.

– Même réduit à l'état de cendres, il arrive encore à nous faire rire cet âne.

Rire et pleurer. Nos quatre paires d'yeux brillent parce le plus dur est à venir. Même si c'est illégal, nous avons partagé ses cendres en plusieurs vases, et le nôtre, nous allons le disperser dans les vagues, là, ce soir ici et maintenant. Hic et nunc comme on n'arrêtait pas de dire en latin lors de notre voyage à Naples. Hic et nunc, la devise de Manu.

Le vent s'est levé pour saluer Manu. Il arrive du large pour une fois. Ça ressemble bien à Manu de nous faire une dernière blague et de finir sur nos visages plutôt que dans l'eau.Nous allons éviter cela quand même. Alors nous attendons ensemble dans le froid, le vent et la bruine.Manu ne veut pas nous laisser et nous non plus. Nos quatre paires d'yeux se cherchent et se trouvent. Quarante années d'amitié nous donnent la possibilité de communiquer sans parler. Des gestes simples, un petit cercle, la recherche de la chaleur au milieu du vent, nous donnent juste la force nécessaire pour affronter ces instants. Profitant d'une accalmie entre deux bourrasques, chacun notre tour, nous nous avançons vers le ressac en regardant s'éclater les vagues.

Un par un, nous dispersons notre ami tant bien que mal. Parce qu'on se sent petits et gelés, on reboit un coup, on trinque en silence, et on rebrousse chemin.

La voiture est en vue lorsque sur un petit tas de bois, j'avise plus d'une centaine d'insectes affairés. Jusqu'ici, j'avais à peu près contenu correctement mes décharges de larmes.Mais le barrage explose de toute sa violence lorsque

je reconnais cette nuée d'insectes.
Cette nuée de coccinelles.

29

20 Avril 2023

Je m'appelle Gabriel Salvio. J'ai presque cinquante-trois ans. Mon compte en banque présente un solde beaucoup moins créditeur qu'il y a quelques années et je m'en fous. Aujourd'hui Mahé fête ses vingt-cinq ans en famille. Nous avons tous atterri hier soir à Bordeaux-Mérignac. Emily a délaissé son poste de trading à Londres pour vingt-quatre heures afin de partager ce moment avec nous. Mahé arrive de Marseille où elle fait ses études de médecine en blouse blanche. Emmanuela et moi avons provisoirement laissé Rome où nous vivons depuis un an. Je crois que mon destin italien s'est accompli. La Dolce Vita existe vraiment. Avec Emmanuela, ses amies d'enfance et leurs conjoints, nous nous retrouvons aussi souvent que possible pour perpétuer ce style de vie. J'en profite à chaque fois pour devenir un spécialiste mondial de la grapa barricata. Et malgré ça, je n'ai plus jamais une boule au ventre.

Nous sommes donc réunis à Gradignan, pour fêter le premier quart de siècle de ma fille. Comme aux plus beaux jours, le foie gras, les cous d'oie farcis et les huîtres apparaissent comme par enchantement, surgissant des mains aimantes de Michel, Sophia et maman. Toute cette petite tribu papote gaiement autour de l'apéritif maison à base de champagne et de framboises qu'a concocté maman. Isabelle et ses parents font partie des invités comme chaque année. Les années ont apaisé les souvenirs, nous avons finalement réussi notre divorce pour le plus grand bénéfice de Mahé. Seul Jacky manque à l'appel puisqu'il nous a quittés l'an dernier, à l'âge extraordinaire de soixante-douze ans. Il a fini ses jours dans une maison de repos où il a régalé chaque semaine la galerie des pensionnaires avec des imitations et des karaokés de chansons de toutes les époques. De *Ah le petit vin blanc* de Lina Margy aux *Champs Élysées* de Joe Dassin, Jacky illuminait les journées de tous ceux qui le côtoyaient. Sacré Jacky.

Je suis assis en bout de table comme le pilier de cette famille étendue et recomposée. J'ouvre bien grand les yeux. J'observe avec amour chacun des convives et chacun à leur manière, je les trouve beaux. Je déguste ce moment avec plaisir. Emmanuela est toujours aussi belle. À l'extérieur et à l'intérieur. Elle dégage cette aura unique qui séduit tous ceux qui la connaissent. Plus de vingt ans se sont écoulés depuis notre premier baiser devant Humleys au son de Madness. Impossible de savoir ce qu'il serait advenu de moi si elle n'avait pas pris ma main dans l'escalator. J'ai la certitude que cet instant a entrainé plus de joies et de bonheur que je n'aurai pu en imaginer dans mes rêves les plus fous. Il parait qu'on reconnait le bonheur au bruit qu'il fait en s'en allant, alors ce son-là, je vais tout faire pour ne jamais l'entendre. Depuis quelques jours, une idée a germé dans mon cerveau. Je m'ai envie de partager mes expériences de vie, raconter mes hauts et mes bas, mes victoires, mes défaites, tous les passages de mon existence. Pour de bon, sans rien occulter. Cela pourra-t-il intéresser les gens ? Cela pourra-t-il aider quelqu'un à s'aimer un peu, à vivre mieux ? L'idée de ce projet me rend heureux.

Heureux. Pas d'anagramme.

Dépôt légal juin 2024

Librinova

www.librinova.com

Imprimé en France
FRHW010821300724
39933FR00005B/80

9 791040 557203